KB153849

인향문단 시화집

바다와 나비

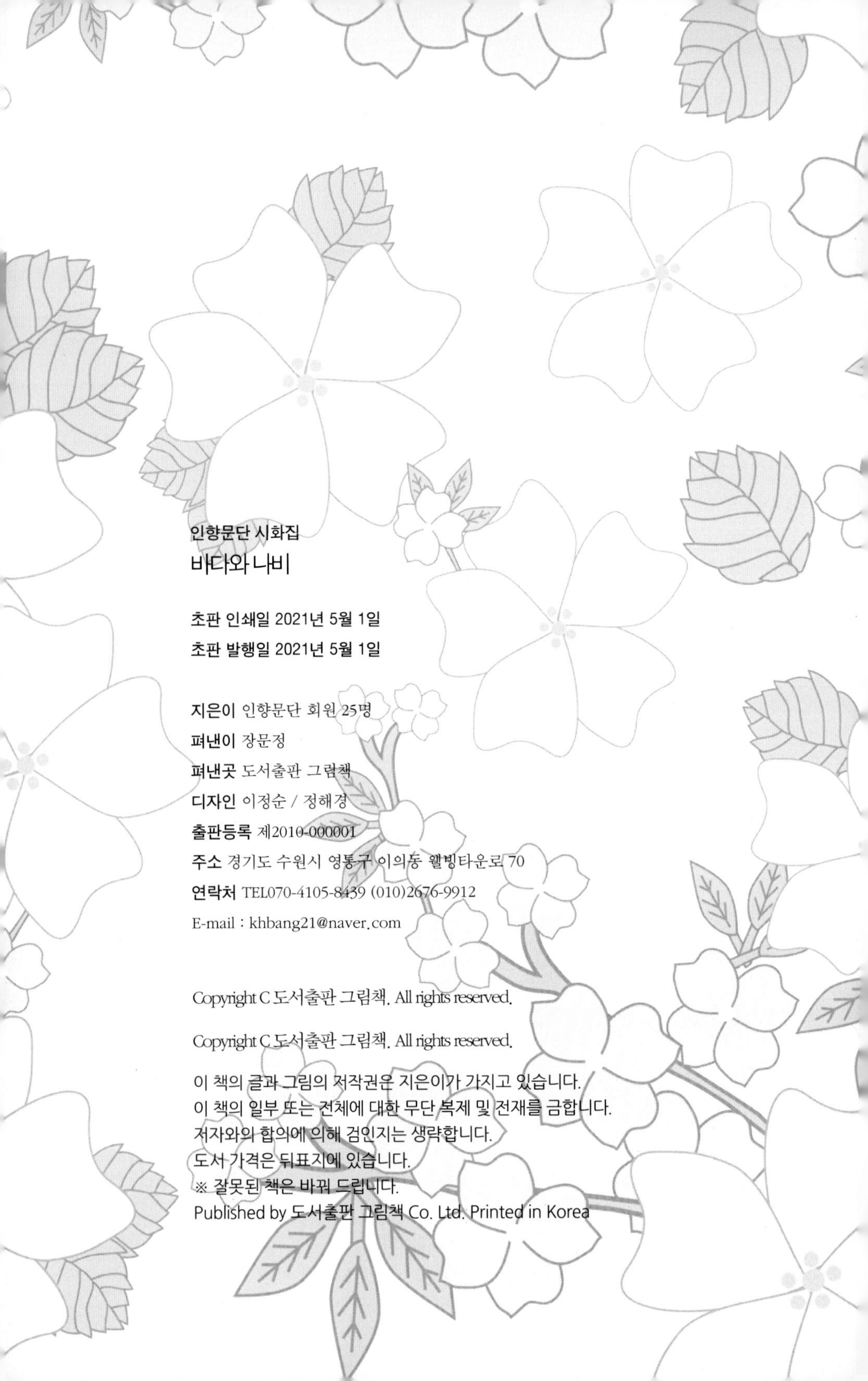

인향문단 시화집
바다와 나비

초판 인쇄일 2021년 5월 1일
초판 발행일 2021년 5월 1일

지은이 인향문단 회원 25명
펴낸이 장문정
펴낸곳 도서출판 그림책
디자인 이정순 / 정해경
출판등록 제2010-000001
주소 경기도 수원시 영통구 이의동 웰빙타운로 70
연락처 TEL070-4105-8439 (010)2676-9912
E-mail : khbang21@naver.com

Copyright C 도서출판 그림책. All rights reserved.

Copyright C 도서출판 그림책. All rights reserved.

이 책의 글과 그림의 저작권은 지은이가 가지고 있습니다.
이 책의 일부 또는 전체에 대한 무단 복제 및 전재를 금합니다.
저자와의 합의에 의해 검인지는 생략합니다.
도서 가격은 뒤표지에 있습니다.
※ 잘못된 책은 바꿔 드립니다.
Published by 도서출판 그림책 Co. Ltd. Printed in Korea

인향문단 시화집

바다와 나비

인향문단 회원 25명

인향문단 시화집 - [바다와 나비]를 펴내며

문학의 꽃이 피다

방훈

봄이다, 설렌다.
봄이 사람의 마음을 부풀게 하는 연유는 어울림이다.
이름을 불러지는 꽃,
이름조차 모르는 꽃들이 어울렁더울렁 봄을 피운다.
이쯤, 꽃망울처럼 앙다문 언어와 활짝 문을 연 마음을
일렁이는 봄 숲이 바람을 키우는 시어를 모으고 엮는다.

이는 봄을 즐기듯이 많은 님들이 어깨를 나누어
한 권의 책이 봄 햇살을 닮기를 간절하게 바라며
언어를 다듬고 가꾸었기에 가능한 것이다.

그리하여 봄에 돋아나는 속살처럼
하얀 종이에 한땀한땀 수를 놓듯
새겨서 세상을 떠나보낸다.

보는 사람들의 마음은 봄처럼 따듯하기를 바란다.
지천이 봄이다. 세상에 풍만하게 꽃이다.
그리고 우리들 마음에도 문학의 꽃이 피다 .

인향문단 편집장 방훈

인향문단 편집장인 방훈 작가는 1965년 경기도에서 출생하였습니다. 대학에서는 국문학을 전공하였으며 2000년 초반 시인학교에 시를 게재하여 시인학교 추천시가 되면서 본격적인 시창작활동을 하였습니다. 그 이후에 개인시집과 여러 동인시집을 같이 발간하였습니다.

깃털처럼

황은경

천상병 시인의 시집 '새'를 읽다가
발목에 매달고 다니는 것 같던
못난 팔자를 내던졌다

그는 '귀천'이란 시를 써서
삼류를 울렸고
삼류를 엄마로 둔 딸이 읽고 울었다

깃의 힘을 생명처럼 여기는 새
먼 시간까지 가까이 둔 새
삼류의 이상인 새

삶의 무게를 아주 무겁게 짊어진 등
결코 무시하지 못할 그림자
가볍게 날지만, 결코 깃털 하나도 새가 되어 버린

황은경 / 익산출생.대전거주 • 시인.수필가

2013년 등단 시인.수필가 / 2017년 다온 문학상 본상 수상
2018년 한국 여성문학100주년 기념 문학 수상 / 2019년 작가와 문학상 수상
2019년 대전문화재단 창작기금 수혜 / 2019년 어린왕자문학관 상주작가
2019년 호남 문학상 수상

공동저서 다수 • 인향문단 편집위원 / 작가와문학 편집위원 • 다온문협 홍보이사
다온문협 시분과 이사 /
제1집 "겨울에는 꽃이 피지 못한다"로 2013년 작품 활동시작
제2집 "마른꽃이 피었습니다" / 제3집 "생각의 비늘은 허물을 덮는다"

사랑

김현안

너의 가슴이
나를 향할 때

그것은
말할 수 없는
뜨거움

닿기도 전에
전율이 흐르는
그것은

사랑입니다

김현안 시인

시, 수필가 등단 / 소설가 등단 / 조지훈 문학상 본상 수상.
한국문인협회 회원 / 현대문학사조 문인협회 회원 / 들풀문학 편집장
시집: “그리움으로 부르는 노래” / "술취하면 그대 떠올라" 시화집
前) 대기업 근무 前) 방송국 근무.
(재) 평북의주 장학재단 이사
REIT's Fund Manager. (주)G&HC 대표이사

그러지 말아요

이인희

내가 명품 옷을 만드는데 36년이 걸리고
내가 나를 기다리는 시간이
내가 소중하다고 걸리는 시간이
56년이 걸렸습니다

나를 아는 사람은 절대 없습니다
다 지나가는 바람입니다

그 곳에서는
나 혼자밖에 없었습니다
오늘도 혼자였습니다

그래서 말의 말은
바람입니다

이인희 시인

이인희 시인은 전남 영광에서 태어났습니다. 시를 쓰고 싶었던 문학소녀였지만 중간에 학업을 포기하고 어린 나이에 세상에 나오게 되었습니다. 이후 봉제 분야에서 일을 시작하였고 지금도 봉제 관련 일을 계속하고 있습니다. 이화동 작업장에서 시간이 날 때마다 틈틈이 습작을 하였고 일이 끝난 후에 어려운 상황에서도 시를 꾸준하게 썼습니다. 이런 노력의 결과로 인향문단에 시를 발표하면서 등단하였습니다. 인향문단에 발표했던 글과 그 동안 습작했던 글들을 모아 "이화동의 바늘꽃 1" "이화동의 바늘꽃 2"라는 시집을 펴냈습니다.

인향문단 시화집 - 바다와 나비

CONTENTS

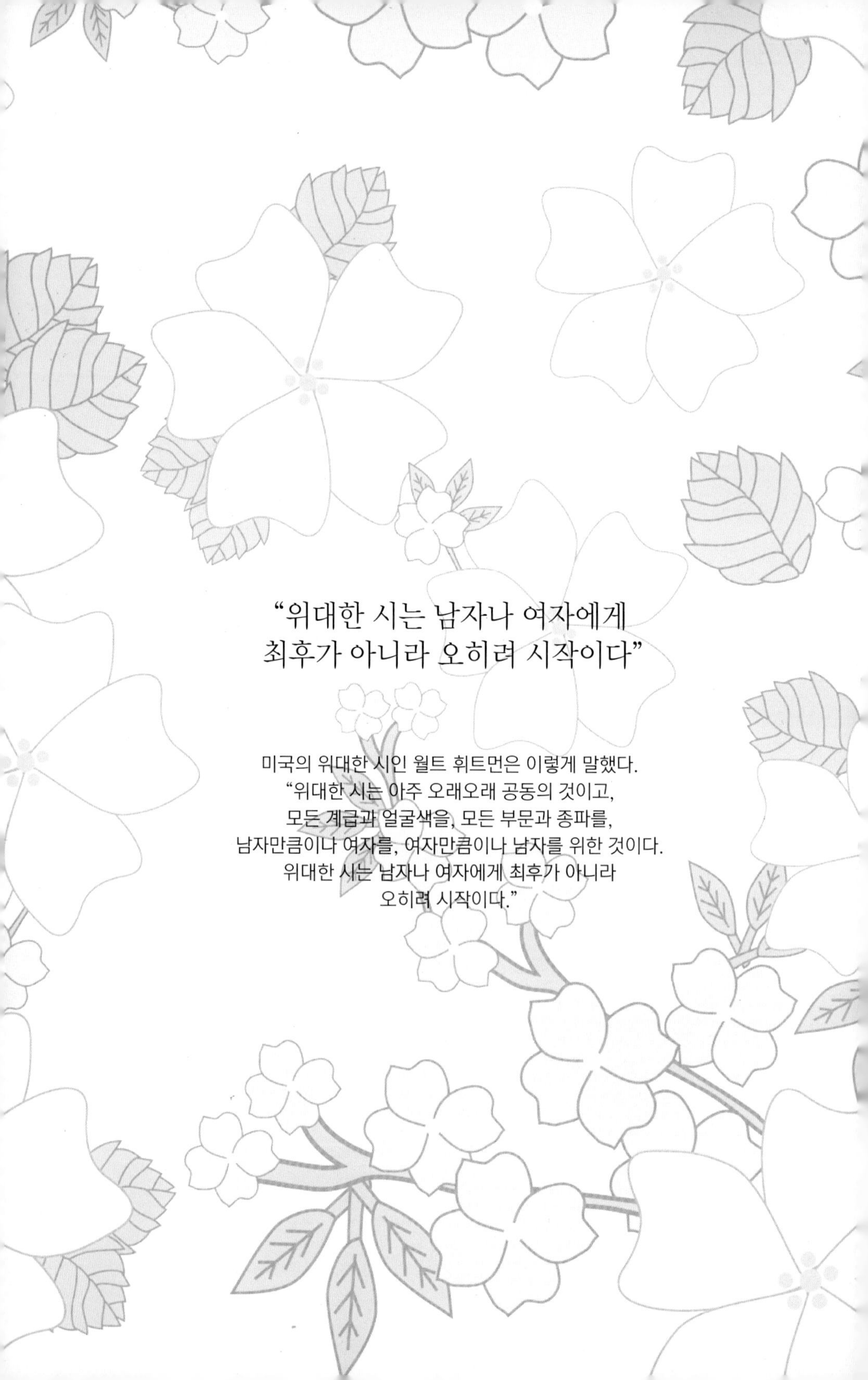

“위대한 시는 남자나 여자에게
최후가 아니라 오히려 시작이다”

미국의 위대한 시인 월트 휘트먼은 이렇게 말했다.
“위대한 시는 아주 오래오래 공동의 것이고,
모든 계급과 얼굴색을, 모든 부문과 종파를,
남자만큼이나 여자를, 여자만큼이나 남자를 위한 것이다.
위대한 시는 남자나 여자에게 최후가 아니라
오히려 시작이다.”

바다와 나비

강석자

대전출생
'인향문단' 문학회 회원
인향문단 동인지 2집 /시 3편 수록
인향문단 동인지 3집/시 3편 수록
하늘과 바람과 별과 시 시회집/시 5편 수록
시를 꿈꾸다 2집/시 3편 수록
'시를 꿈꾸다' 문학회 회원
광운대 부동산학 박사

이 늙은 감성에도

강석자

젊은 날
절대로 오지 않을 것만 같았던 세월은
나도 모르는 사이에
심산유곡으로 몰아붙여버렸다

가는 세월이 남겨놓고 간
이 늙은 감성은
흐르는 물소리도 깊어간다

바람소리도 비켜가지 않고
빗소리마저 애잔한데
차 한 잔에 녹아내랴

숭숭
구멍 뚫린 가슴이
시리도록 서러워도

내색이 어색하여
목덜미만 꿀꺽거릴 뿐
마른 목에 쓰디쓴
커피 한 모금이 전부다

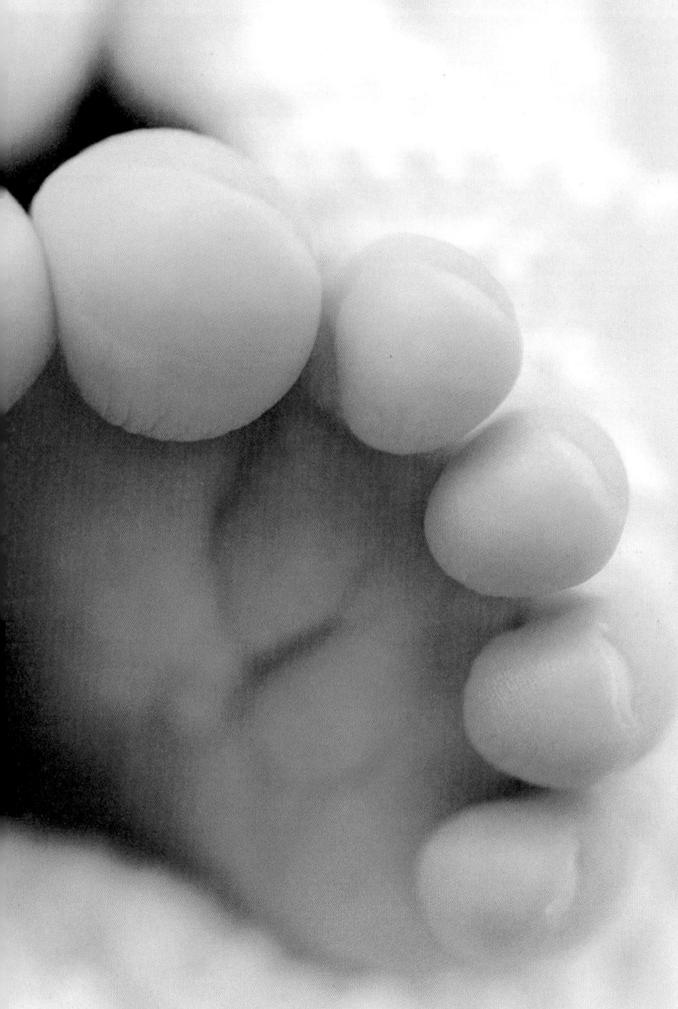

손주

강석자

네가 좋다
그냥 좋다
무턱대고 좋다

울어도 이쁘고
떼써도 이쁘고
웃으면 더 이쁘다

아장아장
방실방실
까르르까르르

보고 있었도
보고싶은 아가
너는 행복충전소

시의 매력

강석자

일상에 2%를 더하며
보이는 것에
의미를 부여하고

물질에 생명을 불어넣고
고통조차 고운 형상을 만들어 내어
사랑을 심어놓는 작업이
진정한 시의 매력이다

그 시에 오늘도 빠진다
허우적대다 말더라도
그 흐름에서 풍덩거린다

그대
마침내 꽃 피우리라

구석진 곳에 숨어있던 용기가
슬그머니 일어나
격려하는 목소리가 들린다

봄바람

강석자

여보게 왔는가
가지 끝에 매달린
바람이 인사를 청한다

대한도 지나고
입춘도 왔으니
이젠 추위 걱정은 덜겠구먼

꽃샘추위 몇 번이면
봄이 오겠지? 하며
매화나무 가지끝에

매달린 바람이
옷소매를 고치며
사무치게 배어든다

여유

강석자

왜 이리 부산한지
하루가 급하다
헉헉 대며
보내놓고 나니
별것도 아닌데

느긋하게
나긋하게
낙낙하게

그렇게 지낼 순 없을까
수의에 주머니도 없는데
무얼 가지고 간다고
이리도 부산할까?

김미숙

1964년생
전북 김제출생
방송통신대 유아교육과 졸업
유치원교사
인향문단 홍보이사
문학촌 인천지역장

어머니

김미숙

어머니
그 이름만으로도 위대하신
우리 어머니

11남매 키워서 시집 장가 보내시고
아픈 손가락 하나 먼저 하늘나라 보내고
늘 가슴 아파 하시는 어머니

자신보다 자식이 먼저인
어머니 고맙습니다

큰딸 공부 못시켰다고
미안해 하시는 어머니

큰 딸은 검정고시 졸업하고
대학도 마쳤습니다
어머니

대장암 수술을
두 번이나 받으시고
굳건하신 우리 어머니 모습
행복합니다
건강하시고 행복하소서

삶의 무게

김미숙

내가 내 삶의 무게를 잰다

고통의 무게
희망의 무게
사랑의 무게
나의 무게는 얼마일까

깊이의 무게
마음의 무게
욕심의 무게
잴 수 없는 마음
내가 나의 무게를 잴 수 없듯이
누가 내 무게를
대신 잴 수 있을까

내 마지막 날엔
하늘의 구름보다 바람보다
아마도
가벼울 거다

허수아비

김미숙

허수아비
여름 지나 가을햇볕에도
흔들림 없이 서 있더니

겨울, 텅빈 들판에
허수아비
외로이 지키며 서 있구나

봄이 되면
농부와 지난 추억을 이야기 하겠지

봄부터 겨울까지
들판을 지킨 허수아비
농부는 그저 감사해 한다

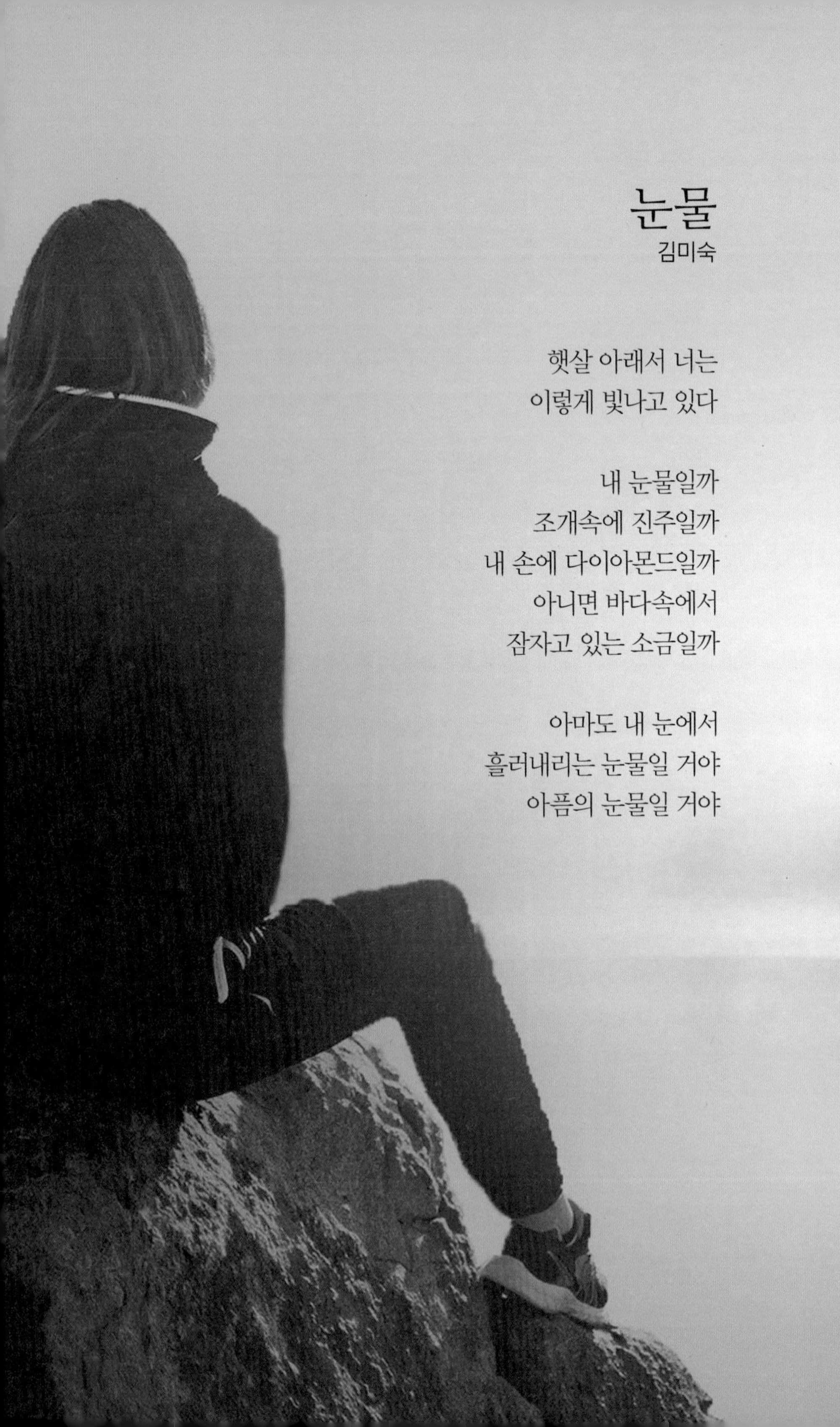

눈물

김미숙

햇살 아래서 너는
이렇게 빛나고 있다

내 눈물일까
조개속에 진주일까
내 손에 다이아몬드일까
아니면 바다속에서
잠자고 있는 소금일까

아마도 내 눈에서
흘러내리는 눈물일 거야
아픔의 눈물일 거야

바람

김미숙

바람이 불어
빈 나무는
사르륵 사르륵
서로의 몸을 비빈다

추워서 비빌까
친구 하라고 비벼주나

바람아
이제는 너무 흔들려서
몸이 아파
이제 그만하렴

바람은
살며시 잠이 들고
고요만이 흐른다

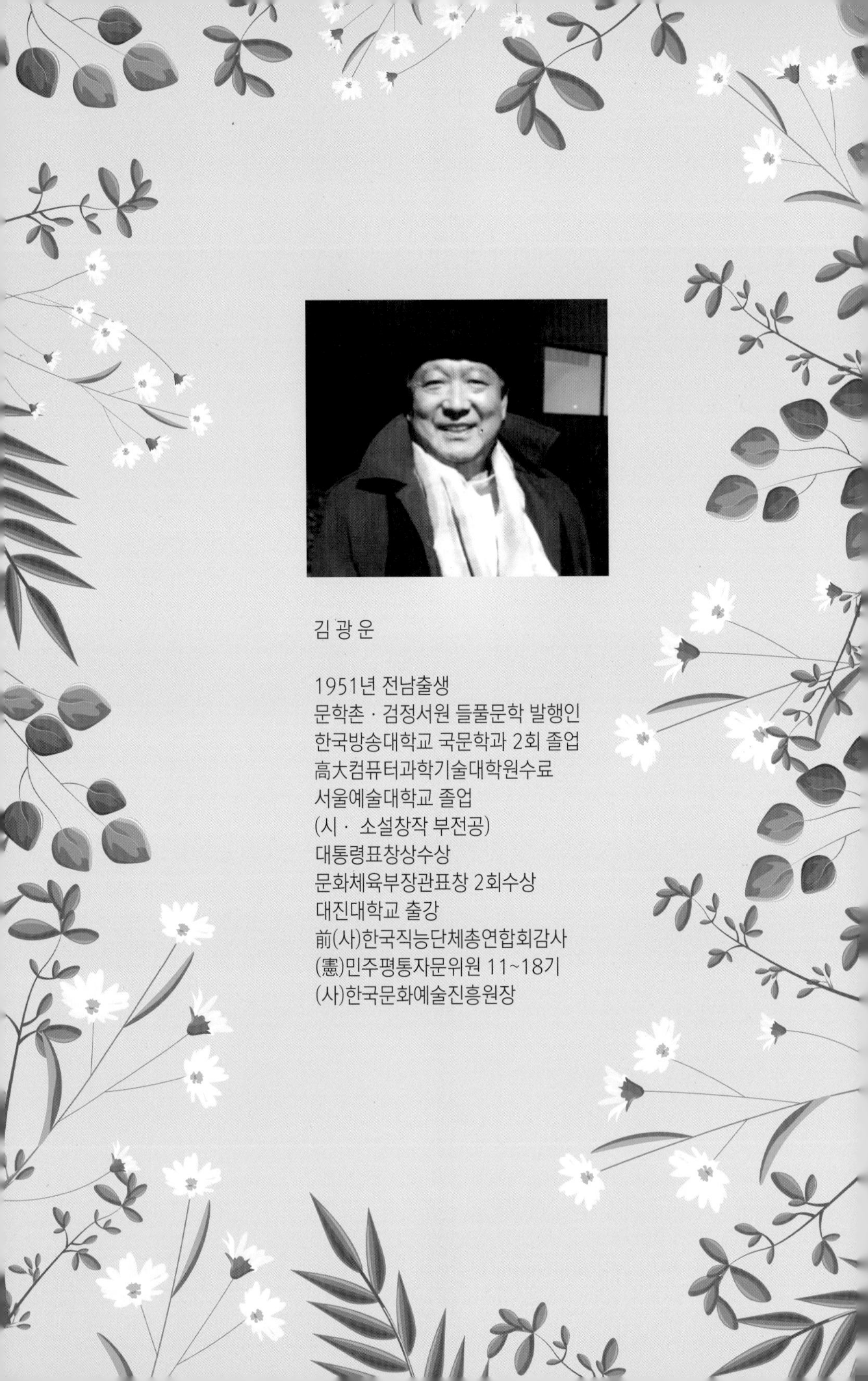

김 광 운

1951년 전남출생
문학촌 · 검정서원 들풀문학 발행인
한국방송대학교 국문학과 2회 졸업
高大컴퓨터과학기술대학원수료
서울예술대학교 졸업
(시 · 소설창작 부전공)
대통령표창상수상
문화체육부장관표창 2회수상
대진대학교 출강
前(사)한국직능단체총연합회감사
(憲)민주평통자문위원 11~18기
(사)한국문화예술진흥원장

피나니

김광운

피나니 피나니
바닷가 흰모래 깔고
솔밭사이로 피나니
바람타고 하얀 꽃피며
밀려드는 파도 소리 들으며
해당화는 그렇게 피나니
내 마음도 그렇게 피나니

분수

김광운

나는 누구인가
어디쯤 서 있어야 하는가?

Identity
제 분수를 알아야
세상의 조화로운 역할이 가능하다

물은 자신을 안다
그릇에 자기 역량만큼만
채우는 겸손하고 지혜로운 존재다

모든 사물을 보라
제 자리에 있어야
어울림으로 즐겁다

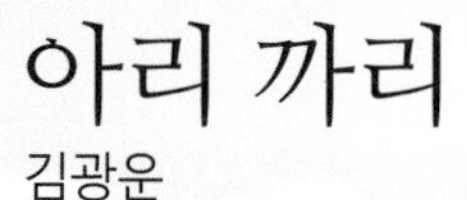

아리 까리

김광운

하야니까
늘 청춘이다
검은 맘속에
수많은 욕망은
오늘도 탑을 세운다
돌아보면
넘 많은 세월에 도전
이제는 풀잎처럼 누웠다
쌓던 일 잠시 멈추고
나를 건설하자
새벽 창 넘어
문틈으로 다가오는 바람
그 속에 시원한 새
만남이 있다고 속삭인다
오늘은 앙상스런
내 마음에 보드라운 님
살포시 다가와 키스할까?
멀어져 떠난 인연이여

가슴의 강

김광운

흐르는 물이야
언제나 큰 강이다

가슴에도 있다
언제나 밀려온 물
아픈 세월이야
흘러가면 그만이다

상처 난 그리움은
지금도
가슴으로 흐른다

다시 볼 수 있을까
먼길 왔어도 보고 싶다

하얀 아픔은 다시
푸른 청춘으로 흘러간다

내 가슴은 큰 바닷물로
파란 파도가 흰 물결로 요동친다

소풍

김광운

나는
오늘 소풍간다
무려 55년 만이다
초등학교 때 가본 후…
만감이 교차한다
친구들 교복만 보게 되면
눈시울 붉히며
골목으로 숨어들고
그러던 내가
세상에서 가장 가슴
따스한 동지들과
이제야
응어리를 풀어 헤치러간다
참 고마운 청도골 사람들이다
할매 엄마가 직접 쑥 뜯어 말려
만드신 쑥떡을 갖고 가고 싶다

- 1호선 전철에서

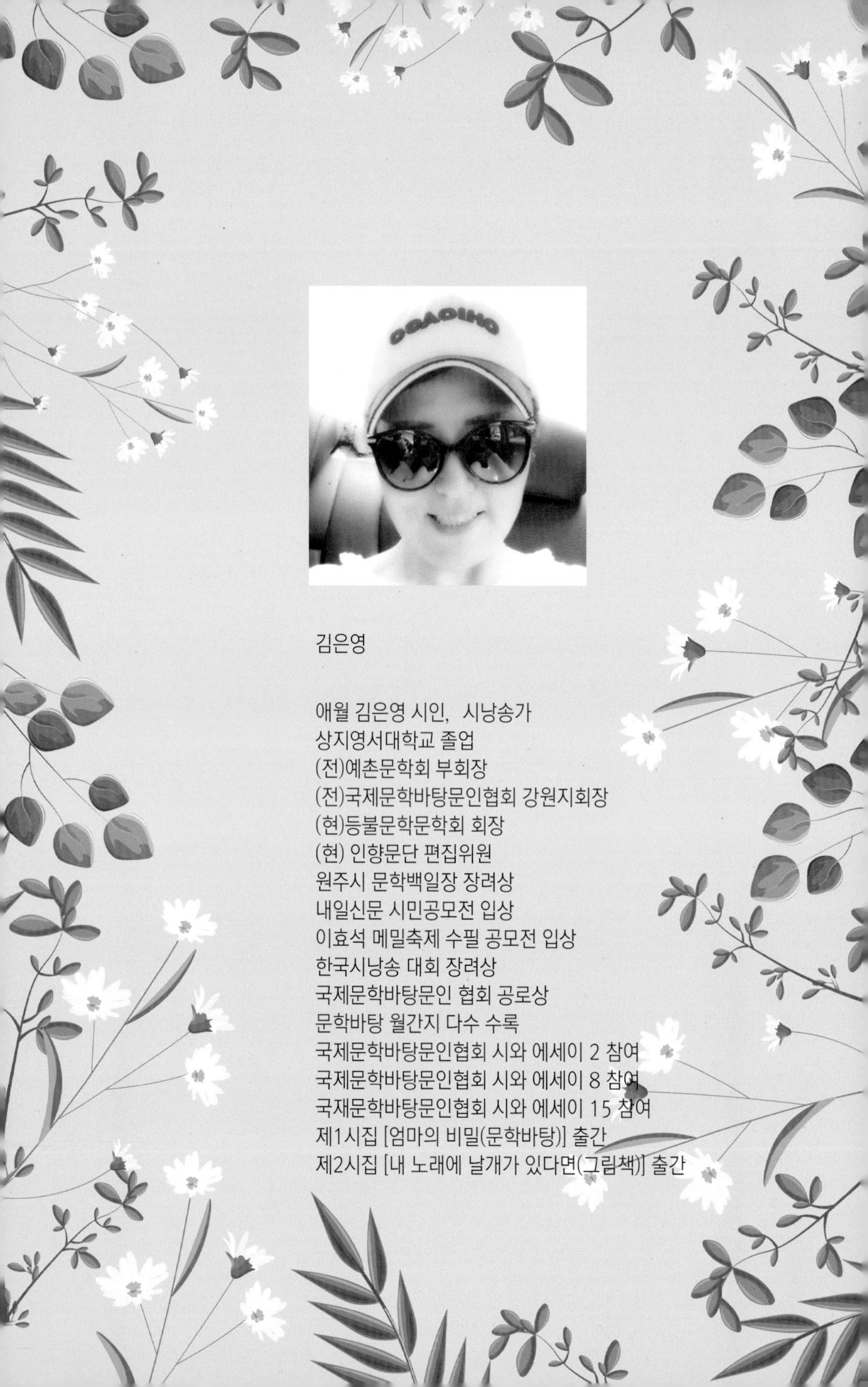

김은영

애월 김은영 시인, 시낭송가
상지영서대학교 졸업
(전)예촌문학회 부회장
(전)국제문학바탕문인협회 강원지회장
(현)등불문학문학회 회장
(현) 인향문단 편집위원
원주시 문학백일장 장려상
내일신문 시민공모전 입상
이효석 메밀축제 수필 공모전 입상
한국시낭송 대회 장려상
국제문학바탕문인 협회 공로상
문학바탕 월간지 다수 수록
국제문학바탕문인협회 시와 에세이 2 참여
국제문학바탕문인협회 시와 에세이 8 참여
국재문학바탕문인협회 시와 에세이 15 참여
제1시집 [엄마의 비밀(문학바탕)] 출간
제2시집 [내 노래에 날개가 있다면(그림책)] 출간

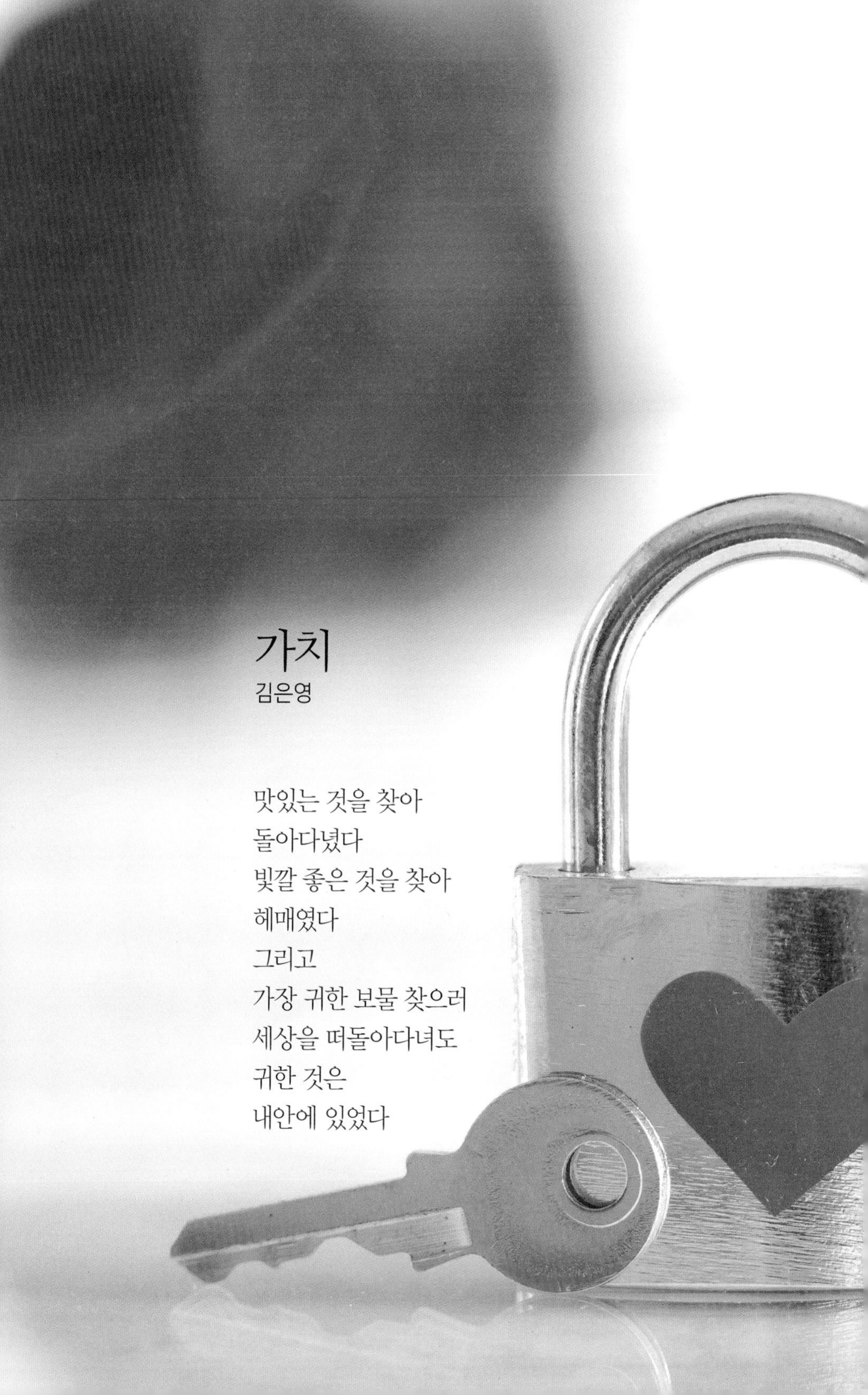

가치

김은영

맛있는 것을 찾아
돌아다녔다
빛깔 좋은 것을 찾아
헤매였다
그리고
가장 귀한 보물 찾으러
세상을 떠돌아다녀도
귀한 것은
내안에 있었다

이치

김은영

거꾸로 흐르는 물 없지만
바람이 마주하면 물결과 파도
거꾸로 칠 수가 있다네
힘겨운 일 흘러간다면
돌아보는 시간 가져 볼 수 있는데
세상 이치대로 시간이 흐르면
세월이 따라가고
감정 폭풍처럼 치어 오르면
내 자리 벗어나려고 발버둥 친다

벽

김은영

벽이 얇아질수록
상대를 사랑했다는 것을 알았고
벽이 두꺼울수록
미움이 커져 있는 것을 알았다
두꺼운 벽 허물기 위해
자신과 땀 흘리며
지치도록 싸웠다
자신을 낮추려 하면 할수록
높은 성은 더 높아만 가고
무섭게 자신의 뇌를 괴롭히는
용서의 조각들이 투명하게 남아
살을 뜯어내고
뼈를 삭히는 아픔이 크다

욕심

김은영

달이 없어도
해가 없어도
별이 없어도
가슴속에서 살아 움트는
욕심

이 세상 모든 것이 그의 친구
단 하루도 인정할 수 없는 진실
이 세상 소유욕으로 차 있어
돈으로 감춰진 노예들의 함성
천지 뒤덮은 가시들

단 하루도
단 하루라도
입이 열 개라도
바꿀 수 없는
이 현실

Trust me

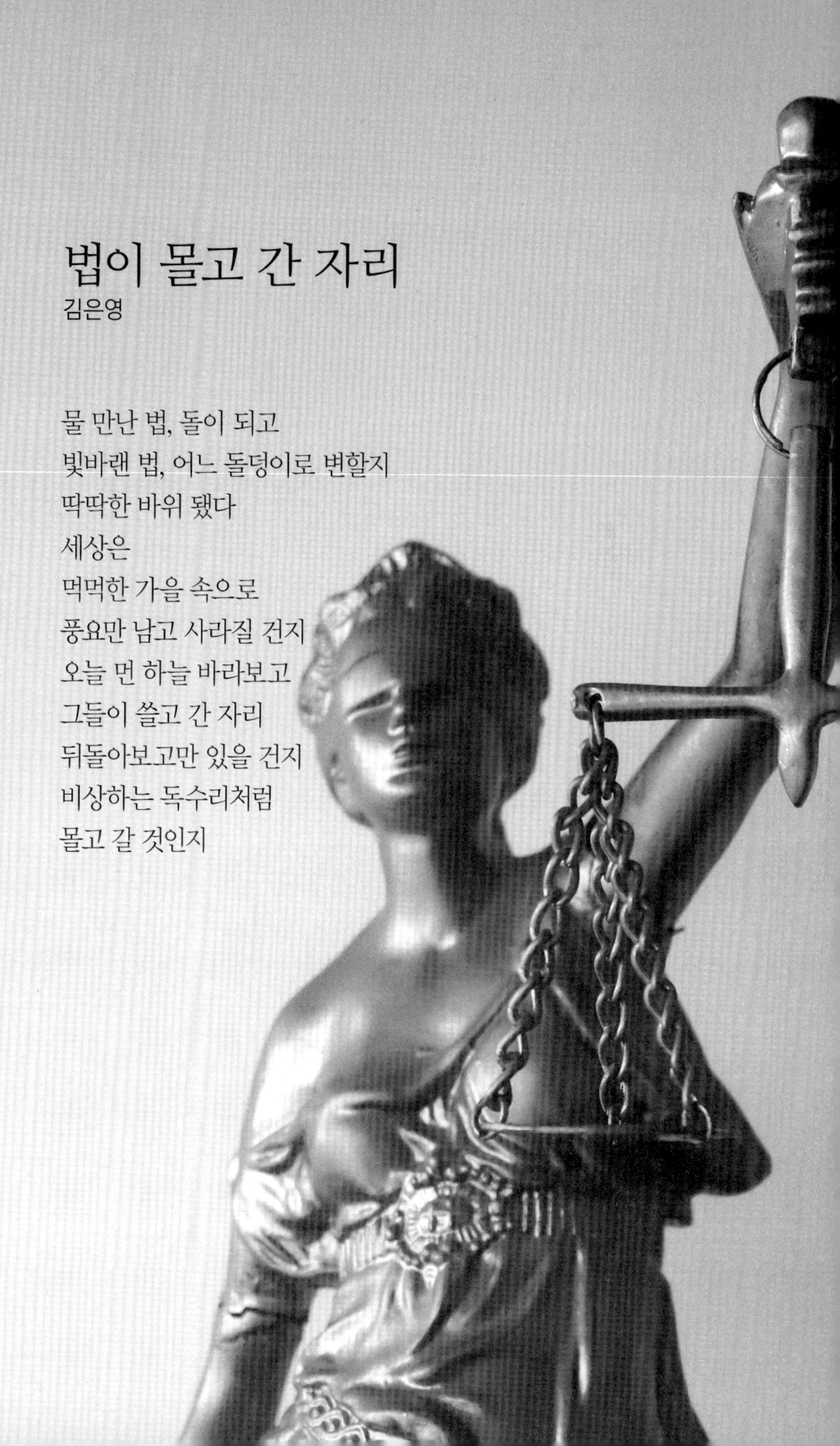

법이 몰고 간 자리

김은영

물 만난 법, 돌이 되고
빛바랜 법, 어느 돌덩이로 변할지
딱딱한 바위 됐다
세상은
먹먹한 가을 속으로
풍요만 남고 사라질 건지
오늘 먼 하늘 바라보고
그들이 쓸고 간 자리
뒤돌아보고만 있을 건지
비상하는 독수리처럼
몰고 갈 것인지

김자경 시인은
강원도 태백에 거주하고 있습니다.
문학을 좋아하고 시를 꾸준하게 창작하면서
인향문단을 통하여
작품을 발표하고 있습니다.
개인창작시집과 한시번역에 대한 책의 출판을
준비하고 있습니다.

이밤, 하늘아래 그집

김자경

가로등 불빛이 반짝이는 어느 겨울밤
차소리가 요란하게 들려온다

슬피우는 암 고양이 구슬픈 울움소리에
온몸은 순식간에 소름이 돋는다

지친 몸 이끌고 집으로
가는 길, 또 하루가 저물어 간다

하얀 눈 뒤 덮인 들판은 어둠 무시한 채
여전히 눈부시게 빛을 뿌리어

깜빡이는 별을 하나 둘 세니
어느새 도착한 내 집 정원앞

전등이 꺼진 썰렁한 집
차가운 냉기에 몸은 오싹
마음부터 얼어든다

내 인생 반쪽을 잃은 채
살아 보겠노라 이 몸 불태우며
발버둥 치는 남은 인생

삶이 고달프다고 하지만 마음 고달픔이
지친 몸 보다 훨씬 힘들구나
친구도 멀리하고 가는 외로운 길이
내가 가는 인생길

돌아오지 못하는 길

김자경

그때 그 시절
이미 흐릿하다 고운 얼굴에 주름으로 잡혀져
긴긴 시간을 보내며 같이 익어가던 사랑

시래기 된장찌개
끓이느라 희디흰 고운 손이 거칠어 지는데
세월이 한정없이 흘러도 잊지 못한 사랑

서산에 걸린 노을처럼
숨가쁘게 달려온 내 인생 여정도
기울어 가고 멀어만 가는 내 사랑

한마디 말도 없이
떠난 당신

잘 가라고 미처 안부도
전하지 못했지만 내가 곧 따라가리

당신따라
사랑따라

한기속에 갇힌 이방인

김자경

내가 옳은지 네가 틀렸는지 하는
날선 말의 창끝에 찔려

보이지 않는 한기의 쇠창살 속에
스스로를 가둔 채 굳어져

쓴맛 단맛도 구분 못하는
불협화음의 세상

세월은 모든 걸 무시한 채 몸만 늙어가
무심한 분노는 힘없이 무너져

생명이 다 소진 되는 때에야 비로소
미련하다는 느낌속에 아쉬움만 남아

가슴속에 남은 것이란 그 아련한
그림자만 덩그라니 찍혀져
허물어진 담벼락 밑에 서있는 사람

다시 단단한 버팀목이 될 손길 찾아
희망과 사랑으로 임하리

먹장구름 자욱한 하늘이 개는
그 끝을 기다리면서 군더덕 없는
푸른 파도 치는 바다로 가자

비오는 날

김자경

어느 순간인지
빗소리가 참 매력있다고 느껴진다
주르륵 쏴 툭툭

가끔은 번쩍이는 번개도 동반하며
먹장구름이 낀 하늘을 쳐다본다

장맛비는 벌써 한달도 넘게 내린다
비를 맞으며 웃는 날도 있고 괜히
마음이 울쩍한 날도 있다

내리는 비를 맞으며 잠깐이나마
몰래 빠져드는 감정의 굴곡에
비의 신비함을 느껴본다

클래식을 들으며
커피 한잔

창밖에 쏟아지는 비를 하염없이
바라보는데 또 다른 생각에
빠져드는 순간

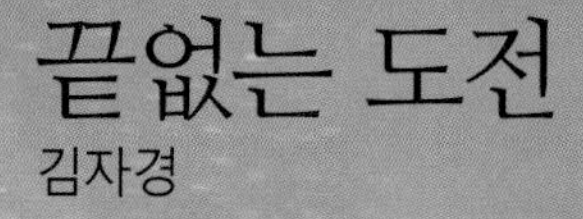

끝없는 도전

김자경

찰랑이는 햇살처럼 밀려온다

깨지고 부서지고 산산조각
끝없이 밀리고 밀려도
깨끗이 털고 또다시 일어나서
파란 물결과 같이 뒹굴며
등대를 향해 머리풀고 달린다

세상에 두려울 것은 뭐냐

밤낮없이
쉼을 모르는 미지의 세계로
도전을 거듭하는 파도

김창희

1968년 대구 내당동 사남매의 셋째로 태어남
대구서도초등.성명여중 .경북예고졸업
35세에 포항으로 이사
고향과 친구들이 그리워
초등카페 (밴드) 만들어 현재 17년째 관리&활동중
코로나로 힘들 때 인향문단을 알게 되었고
시를 통해 자존감도 찾고
시창작의 즐거움을 알았습니다.

봄비

김창희

토닥토닥 톡톡톡
투닥투닥 툭툭툭

봄비는 음악대장
경쾌한 소리로
즐거움을 주지요

봄비는 청소반장
싱그런 초록세상과
맑은 공기를 주지요

긍정의 힘

김창희

행복의 문은
열려있어요

행복은
마음 먹기에 달려있죠

“행복하다. 나는 행복해”
자주 되뇌이면
신기하게도
행복해 지는 것 같아요

긍정의 힘을 믿으니까요

낙조

김창희

하루의 일과를 끝내고
바라보는 일몰은
하루의 시작인 일출의
설렘보다는
하루를 끝내는 일몰의
뿌듯함으로
가슴 벅참을 느낄 수 있죠

지는 해도 아쉬운 지
천지를 붉게 물들이네요

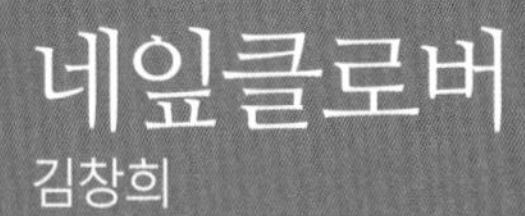

네잎클로버

김창희

한줄기에서
사이좋게 나누어져
네잎 되었네요

오월에
떨어져 사는 자식들이
부모님 댁에 온 듯해요

가족이라는 끈에
묶여서 함께 있을 때
힘이 나지요

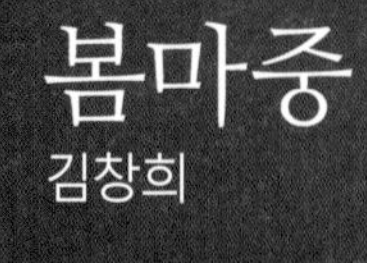

봄마중

김창희

봄을 마중 나갑니다
사뿐사뿐

봄을 노래합니다
닐리리야

봄을 즐기렵니다
온몸으로

봄에게 전합니다
고맙다고

김현안

시, 수필가 등단
소설가 등단
조지훈 문학상 본상 수상.
한국문인협회 회원.
현대문학사조 문인협회 회원
들풀문학 편집장
시집: “그리움으로 부르는 노래”.
"술취하면 그대 떠올라" 시화집
前) 대기업 근무 前) 방송국 근무.
(재) 평북의주 장학재단 이사
REIT's Fund Manager. (주)G&HC 대표이사

내 마음

김현안

내 마음을
달랠 수만 있다면

허무와 고독감에
얼룩진 내 가슴

불변의 밤을 지새우는
고통의 연속

극단적인 슬픔도
비극적인 요소 제거하면
마음은 고요한 바다

마음은 정처 없이
일었다가 사라지고

사라졌다
일어나는 무상無常한 것임을

오늘도 나는
마음의 출렁임으로 파도를 달랜다

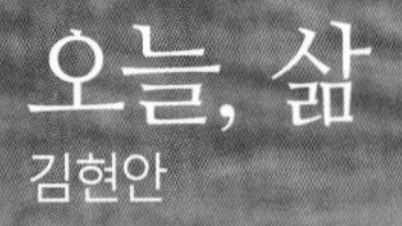

오늘, 삶

김현안

나의 삶은
오늘입니다

내일이라는 집에서 살아야하고
삶은
뒤로 물러나는 것이 아닙니다

또한
어제에 머무르지 않는 것입니다

내 마음이
온 세상을 사슬없이 자유롭게
떠다니듯이
나를 구속하지는 못합니다

동이 서에서 먼 것처럼
내 마음이 그대에게서 멀어지기에

나의 삶은
오늘을 준비합니다

보고 싶어도

김현안

내게는
희망이 있고
사랑이 있고
정열이 한 가득입니다

지나간 수많은 시간은
보고픔 되어
나를 누르고

가고자 해도
난 지금
여행 열차에 몸을 실어 떠나갑니다

그대가 보고 싶어도
오늘도 참아야 되나 봅니다

저 멀리 태양을
저 멀리 희망을

가지러 가야하기에… 

뒤 늦은 사랑

김현안

그때는 몰랐습니다
그 사람 떠난 후 알게 된 나의 마음을
생각하면 할수록 그리운 사람

밤이면 그대 떠올라 노래하며
흘러가는 별들을 그리며
날개 달린 마음으로 새벽을 찾는 것을 보면
그때 그 사람 내가 사랑했나 봅니다

사랑의 날개속에 숨은 한숨이
그 사람 상처받게 했을지라도
난 그사람 사랑합니다

뒤 늦은 나의 사랑이 그 사람 다시 오지 않는다 해도
그 사람에게 달려가는 사랑으로
내 가슴이 타고 있네요

뒤 늦은 사랑 꺼지지 않는 새로운 사랑입니다

내일을 위하여

김현안

추위를 이겨야 봄에 꽃을 피우듯
그물을 준비해야 고기를 잡듯

우리의 시간을 위해
오늘을 준비합시다

때론 거칠고
힘든 파도가 밀려와도
우리의 내일을 장식할
화단을 일구기 위해 노력합시다

추위를 느껴본 자만이
햇살의 따스함을 알듯
힘찬 걸음으로
우리 사랑하며 내일을 기약합시다

현재의 고통은 내일의 희망
매일 매일 새로운 각오

내가 늘 가슴속에
품어온 말
사랑합니다.
당신을

김해든

1967년 4월2일생
경기도 안산 거주
숭의여자대학교 미디어문예창작학과 졸업
Email : cdn05113@naver.com

시집 : 금비나무 레코드가게

무상리 가는 길

김해든

아마도 버스는 강가를 지나는 중인지
느닷없이 시야가 흐리다

어떤 사람들은 잠을 청하고
어떤 사람들은 창밖을 본다

버스가 모퉁이를 꺾어 돌 때는
다 같이 기울어져 흔들리다가
목적지에 닿으면 무심히 내린다

잠시 한 버스에 올라
같이 흔들렸을 뿐인데

추전

김해든

대진사택 자동 1호

이불 귀퉁이를 끌어당기던
냉기 가득한 방에서

나는 도시로 가는 꿈을 꾸었다

고목

김해든

아버지가 주워 왔던 세간살이가
식구 되어 산다

고향을 떠나온 후
고물장수가 되었다

두고 온 어제를 리어카에 쌓는다

달이 뜬 밤이면 동네를 누볐다

손톱 밑에 연탄은 오래 자랐다

막걸리 한 잔에
강원도 아리랑을 쏟아냈다

밤늦은 귀가길
저만치 아버지의 뒷모습이 보이면
어둠을 빌어 몸을 숨겼다

원망은 철도 없이 웃자랐다

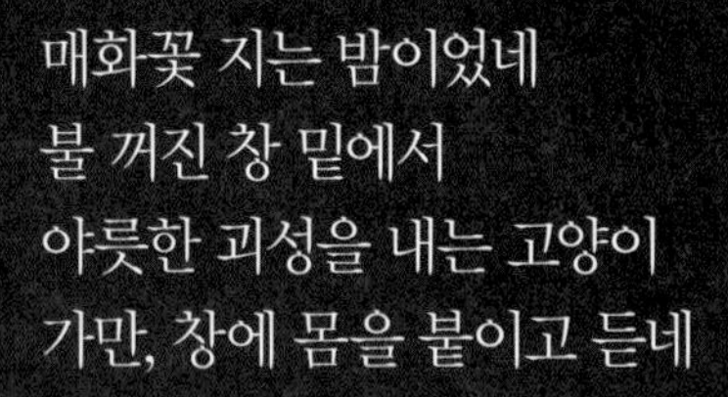

봄밤에

김해든

매화꽃 지는 밤이었네
불 꺼진 창 밑에서
야릇한 괴성을 내는 고양이
가만, 창에 몸을 붙이고 듣네

비밀은 비밀이 되지 못하네
창문을 조금 열고 보네

얼룩 고양이가 꼬리를 치네
꼬리를 따라 빙빙 도네
내 꼬리에
슬며시 손을 대보는 밤

잠은 점점 멀어지고
가까워지는

길냥이의 콜링

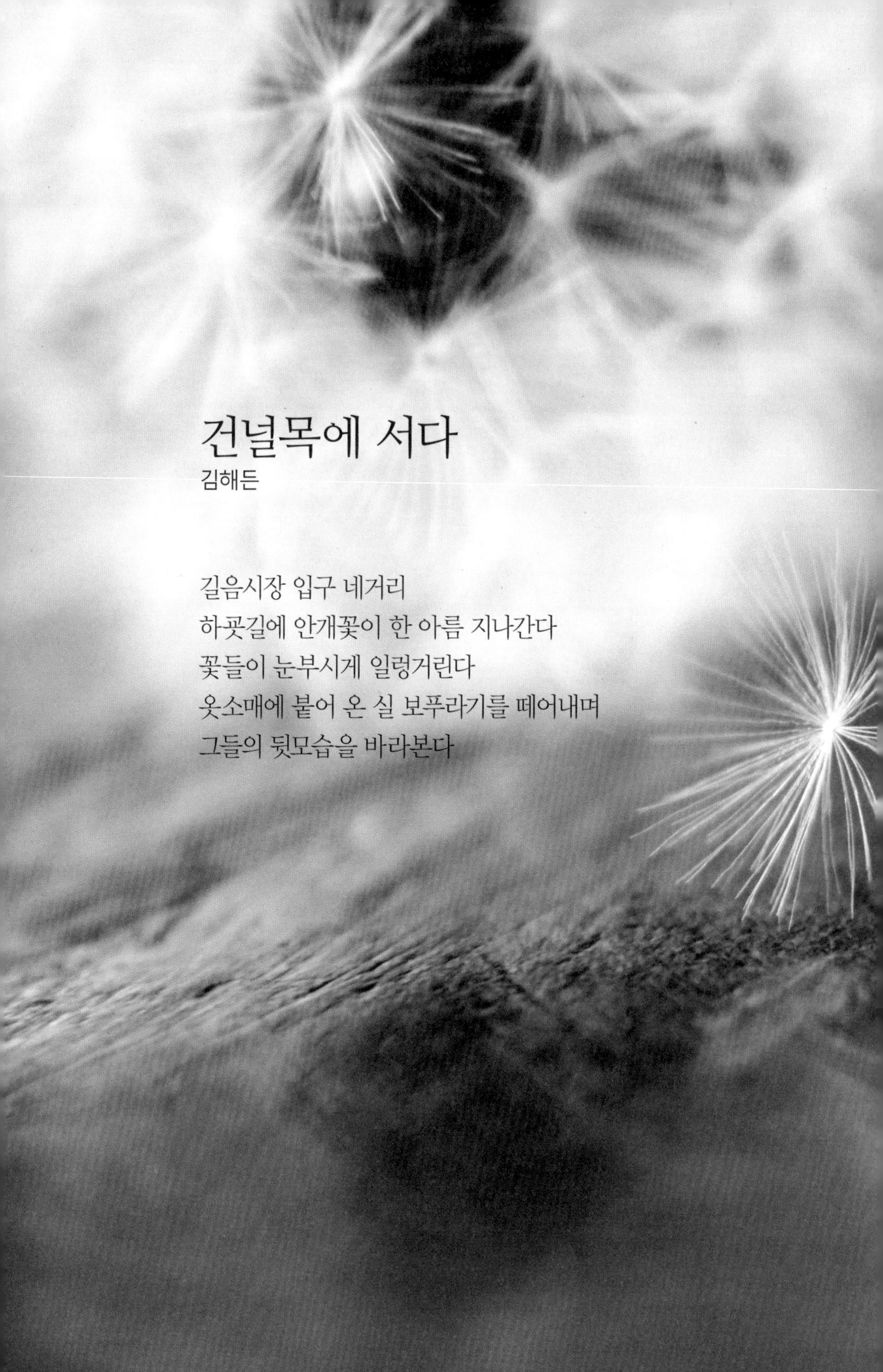

건널목에 서다

김해든

길음시장 입구 네거리
하굣길에 안개꽃이 한 아름 지나간다
꽃들이 눈부시게 일렁거린다
옷소매에 붙어 온 실 보푸라기를 떼어내며
그들의 뒷모습을 바라본다

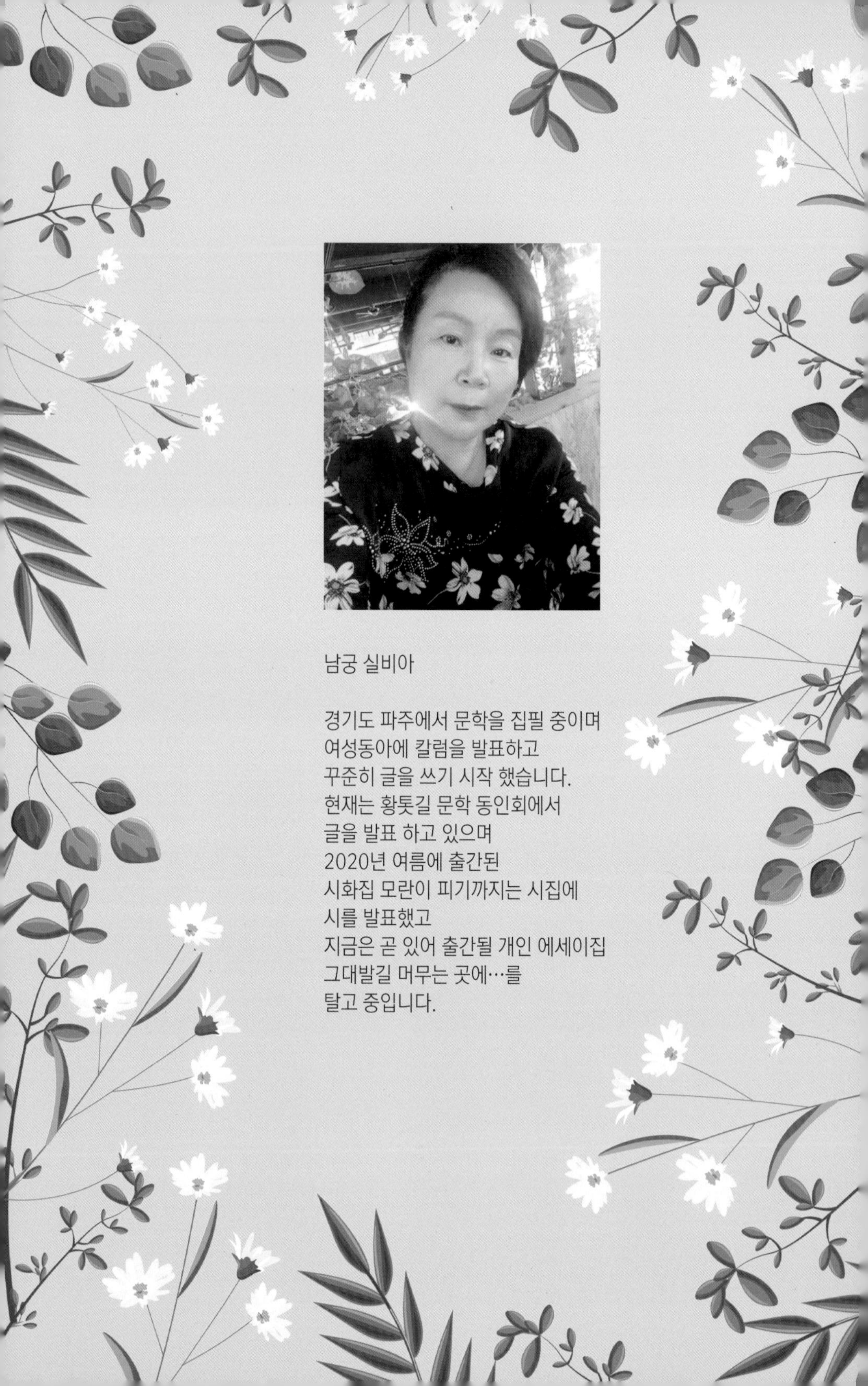

남궁 실비아

경기도 파주에서 문학을 집필 중이며
여성동아에 칼럼을 발표하고
꾸준히 글을 쓰기 시작 했습니다.
현재는 황톳길 문학 동인회에서
글을 발표 하고 있으며
2020년 여름에 출간된
시화집 모란이 피기까지는 시집에
시를 발표했고
지금은 곧 있어 출간될 개인 에세이집
그대발길 머무는 곳에…를
탈고 중입니다.

시간의 흔적

남궁 실비아

그대 지금 오시나요
내가 지금 여기 있는데

그대 향한 그리움
설움의 눈물이 강이 되어 흐르는데

행여 그대가 나의
눈물임을 알았을 때
이미 때늦은 후회라는 걸

그대 향한 그리움이
인내의 강을 넘어
발 아래 흐르는데

내가 사는 이유를
그대 먼곳에 남겨둔 채
홀로 길을 걷는다

가슴의 통증은
아마도 이곳에서 저곳으로
그대를 보내는 시간의 흔적

달맞이 꽃

남궁 실비아

그리움이
옹이 처럼 쌓인다
보지 못 하고
잡지 못하고
그림자가 되었다

그대를 만나기 위해
수만 번을 그리워하고
행여, 그대 오시나
기다린 세월

나는 여기 서 있고
그대는 저편에 서 있는데
그 세월이
애간장을 녹인다

보고파라
보고파라
기다린 시간 속에
꽃이 되었다

그리움에
기다린 세월
그 이름 달맞이 꽃

앉은뱅이 사랑

남궁 실비아

그리움에 지쳐
허공에 묻는다
앉지도 못한 채
너를 바라본 세월

나는 국화 옆에서
스치는 바람에도
너의 숨결을 듣는다

사랑은 그렇게
나의 가슴에 한 되박
쭉쟁이 볍씨처럼
바람에 날리고

내가 그대의 사랑이
아니란 것을 인정하며
어쩌지 못하는 사랑 앞에 서서
가슴이 흩어져 비가 내렸다

뻥 뚫린 가슴에
휘날리는 옷깃을 여미고
오늘에서야 알았다

앉은뱅이 사랑의 슬픔을…

봄

남궁 실비아

시국의 검푸른 하늘에도
진달래는 피는가?
얼음을 뚫고 오라
파란 여린 잎이여

메말라간 가슴에도
노란 개나리는 피는가?
바람을 타고 오라
진실의 봄이여

눈먼 사람에게도 봄은 오는가?
빛을 따라 오시오
가슴으로 느낄 수 있게

철책의 땅거미에도 봄은 오는가?
분단의 발걸음이 멈추기 전에
녹색의 봄이여

봄이여 비상하라
이 눈물이 다 마르기 전에
자수정의 봄이여

봄이여 어서 오라
정의의 발자욱 따라 뚜벅뚜벅 오라

그대여, 그대 이름은 봄

파도

남궁 실비아

승냥이의 울음도
씹어 삼킬 거센 파도
하얀 포말에 한숨을 묻고
너는 그렇게 오고간다

비루한 삶의 그물을 헤치고
백사장 모래뻘을
쓸어 내려가는 파도

삶의 발자욱을 물 아래 찍으며
한걸음은 오늘
한걸음은 내일
그렇게 파도에 씻기워 진다

하얀 포말이
설령 나의 눈물일지라도
나 살아야 함은…

파도는 그렇게
나의 심장을 쓸어내려
눈물을 덮는다

박기종 시인은
경기도 수원에 거주하고 있습니다.
시를 꾸준하게 창작하며
인향문단 회원으로서
시를 발표하고 있고
인향문단 잡지를 통하여
작품을 발표하고 있습니다.

비탈길

박기종

아버지가 지게를 지고오르던
비탈진 언덕길

지금은
새로 신작로가 놓이고
비탈진 언덕길이 사라졌다

아버지의 지게도
사라진 길과 함께
내 마음 속에서 사라질 것 같은
슬픈 마음이 들었다

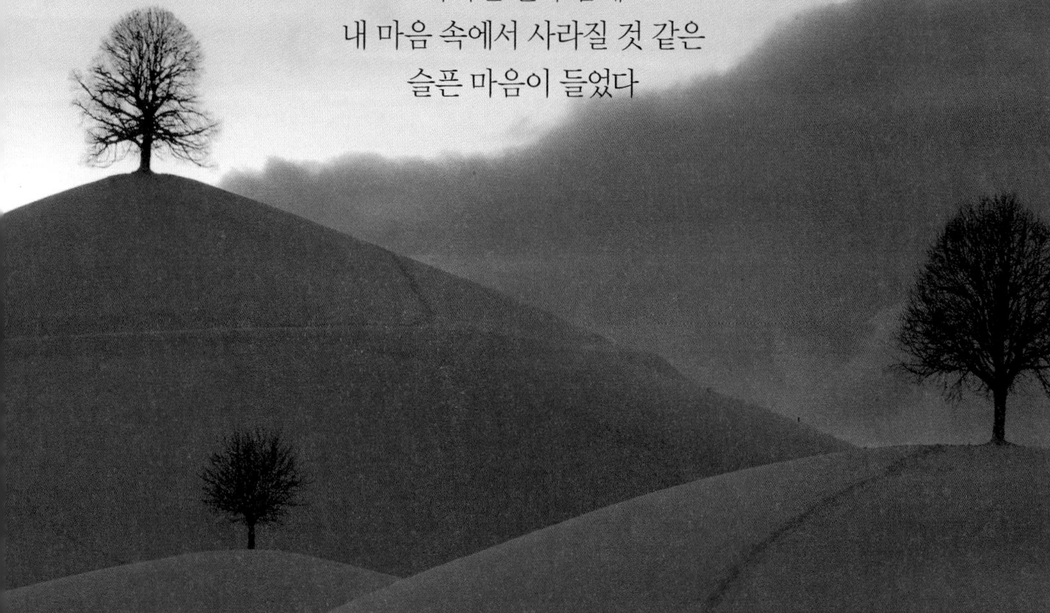

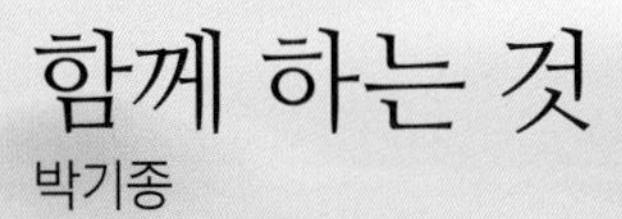

함께 하는 것

박기종

살면서
함께 하는 것이 좋다

슬퍼도 함께 하는 것이 너
아파도 함께 하는 것이 나

슬프고 아파도
함께 하는 것이
우리

살구나무

박기종

우리집 마당에는
살구나무가 있다

돌담을 벗으로 지내는
살구나무

봄이면 분홍빛,
여름이면 초록빛,
가을이면
노랑색으로 화장을 하고

겨울이면 화장을 지우는
살구나무

고향의 아침

박기종

군자산 꼭대기
구름이 아침을 연다

강에는 물안개가 피어나고
산에는 산수유 꽃잎이 춤을 추고
텃밭에는 쪽파가 기지개 펴고

굴뚝에서 연기가
하늘하늘
군자산 구름과 함께
아침을 연다

고향에 가면

박기종

고향에 가면 아름다운 산이 있고
고향에 가면 풍요로운 밭이 있고
고향에 가면 아늑한 집이 있다

고향에 가면 어깨동무 친구가 있고
고향에 가면 맛있는 술이 익고
고향에 가면 정이 살아 숨쉰다

그래서 고향에 가면
꿈이 있고
행복이 있고
내 고향이 있다

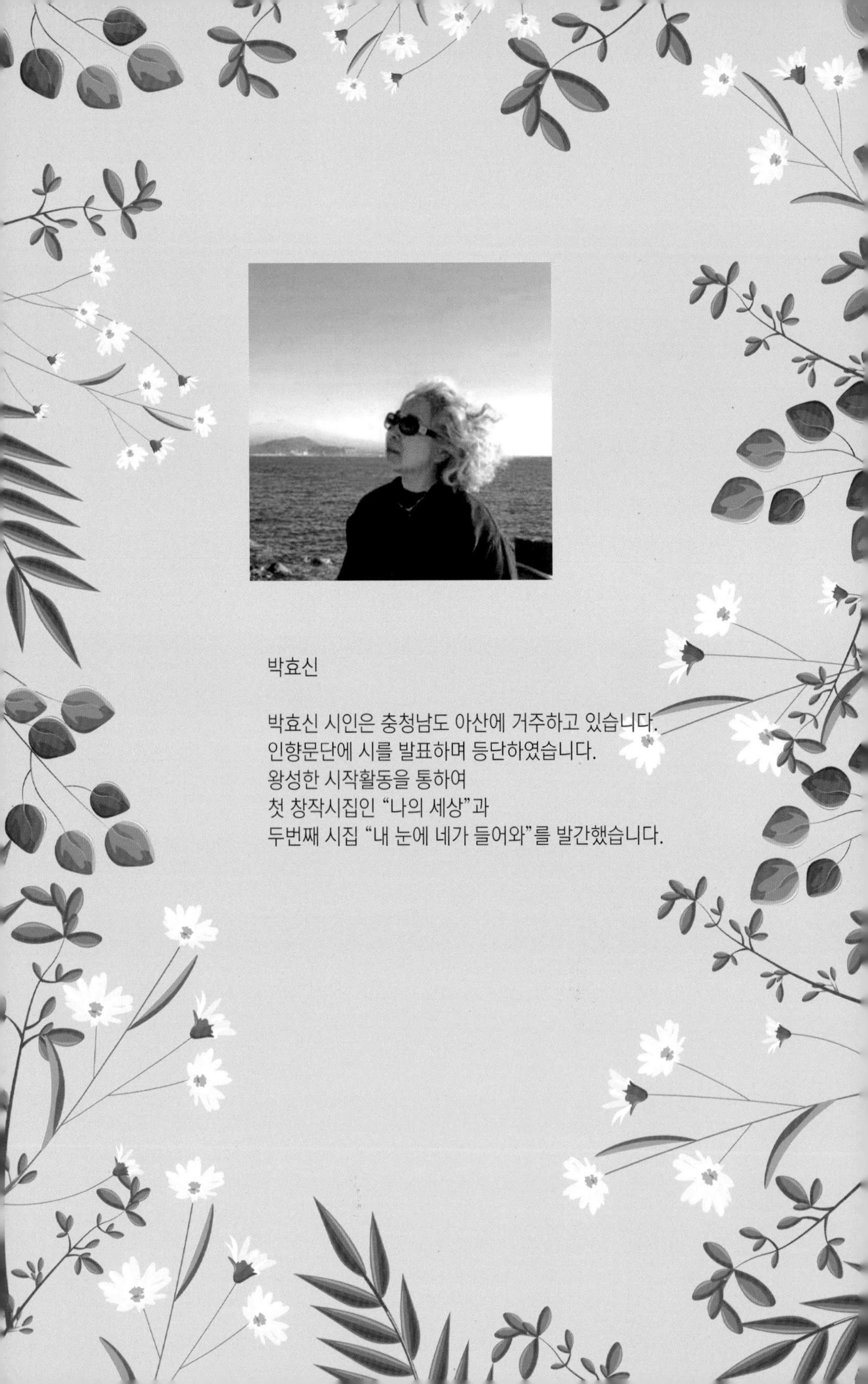

박효신

박효신 시인은 충청남도 아산에 거주하고 있습니다.
인향문단에 시를 발표하며 등단하였습니다.
왕성한 시작활동을 통하여
첫 창작시집인 "나의 세상"과
두번째 시집 "내 눈에 네가 들어와"를 발간했습니다.

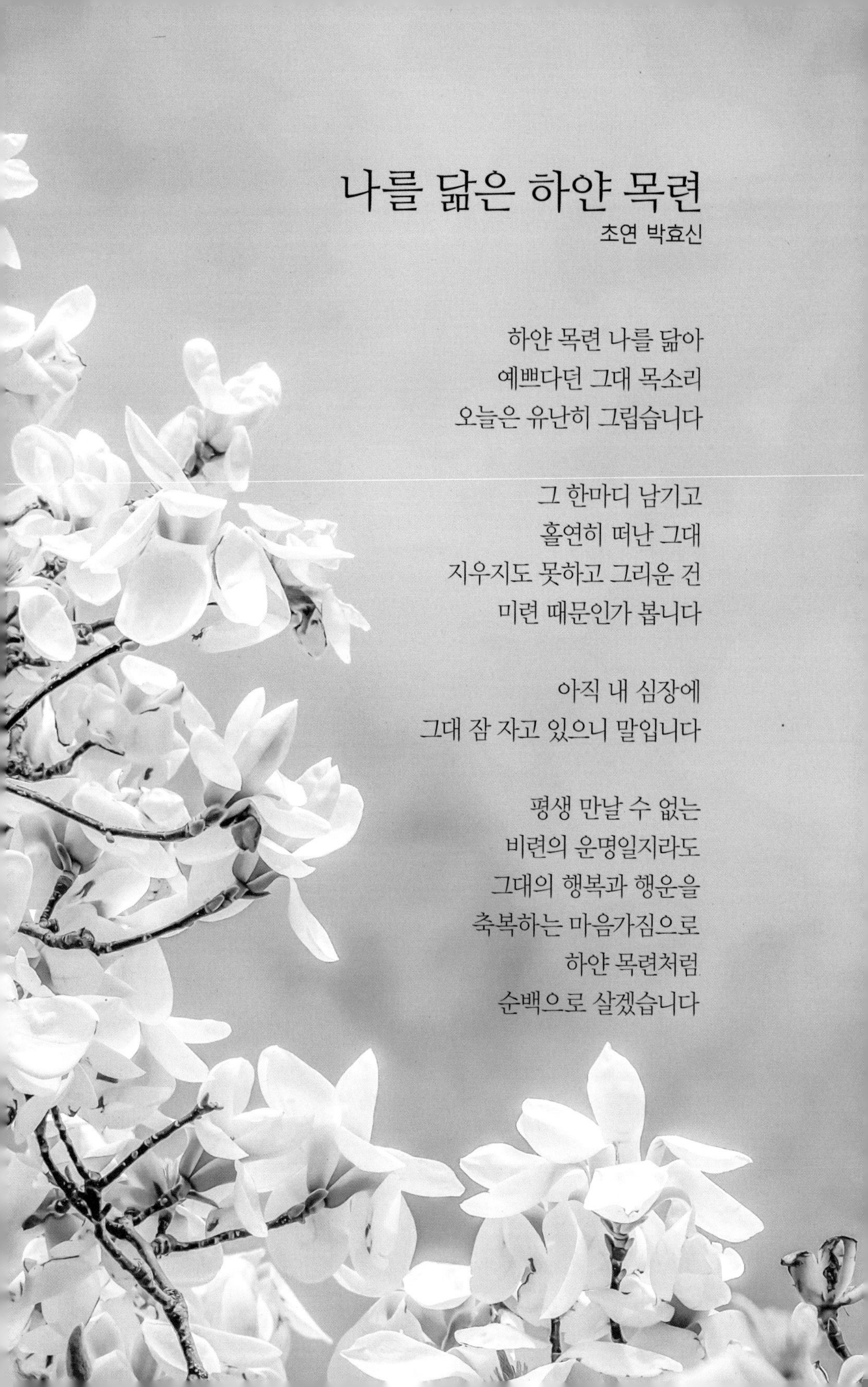

나를 닮은 하얀 목련

초연 박효신

하얀 목련 나를 닮아
예쁘다던 그대 목소리
오늘은 유난히 그립습니다

그 한마디 남기고
홀연히 떠난 그대
지우지도 못하고 그리운 건
미련 때문인가 봅니다

아직 내 심장에
그대 잠 자고 있으니 말입니다

평생 만날 수 없는
비련의 운명일지라도
그대의 행복과 행운을
축복하는 마음가짐으로
하얀 목련처럼
순백으로 살겠습니다

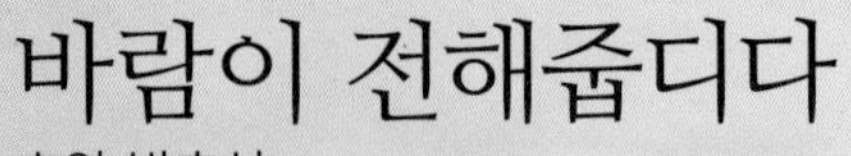

바람이 전해줍디다

초연 박효신

세월 흐름에 그 사람도
세월을 따라갑니다

옛사랑이 기다린다는
생각도 못 하고
세월과 함께 나란히
걸어갑니다

그 사실을 미처 몰랐습니다

어떻게 알았냐고요
지나가는 바람이
전해줍디다

그 님은 무정하리 만큼
뜨거운 눈물
메말라 있으니
기다리지 말라 바람이
전해줍디다

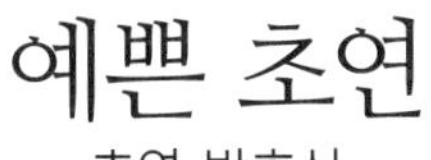

예쁜 초연

초연 박효신

시처럼 감성 깊게
꽃처럼 예쁘게
살고 싶습니다

달처럼 포근하게
별처럼 반짝이며
살고 싶습니다

구름처럼 화사하게
햇살처럼 따뜻하게
초연하게
살고 싶습니다

달

초연 박효신

메마른 가슴에
붉은 장밋빛 사랑이 피어났었지
심장 속 핏줄 터져
요동치기 시작했는데

이젠
떠나고 없는 너의 생각
정지되어 여기 머물러 있는데
마음은
저 달을 향하여 손짓하네

아무리 손짓해도 모른 채
외면하며 구름 속에 숨어버린
너의 얼굴

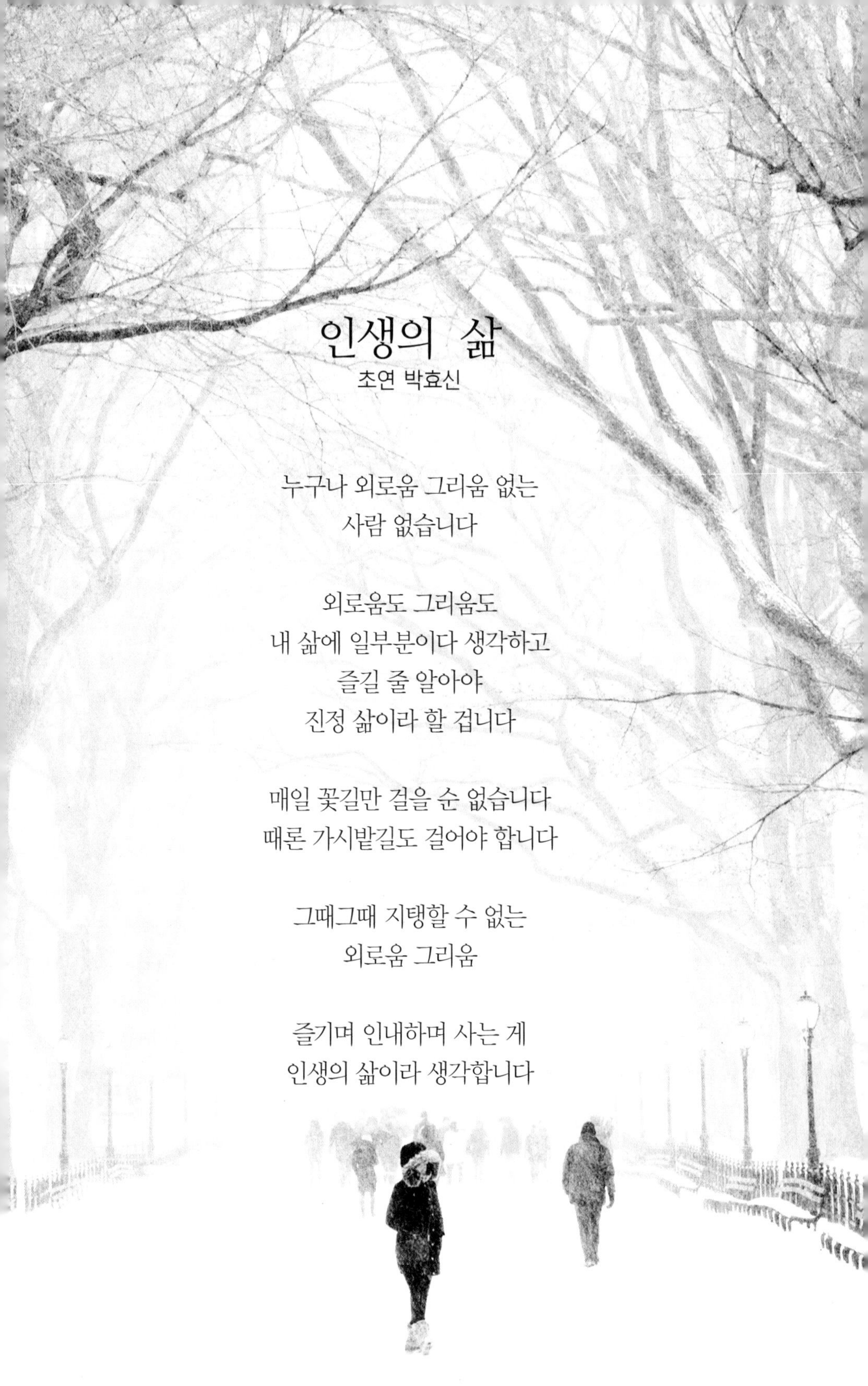

인생의 삶

초연 박효신

누구나 외로움 그리움 없는
사람 없습니다

외로움도 그리움도
내 삶에 일부분이다 생각하고
즐길 줄 알아야
진정 삶이라 할 겁니다

매일 꽃길만 걸을 순 없습니다
때론 가시밭길도 걸어야 합니다

그때그때 지탱할 수 없는
외로움 그리움

즐기며 인내하며 사는 게
인생의 삶이라 생각합니다

신명철 시인은 1965년에 출생하였고
충청북도 충주에 거주하고 있습니다.
문학을 전공하였고
시를 꾸준하게 창작하면서
인향문단을 통하여
작품을 발표하고 있습니다.
현재 개인시집을 출간 준비하고 있습니다.

단풍

신명철

급히 전할 기별이 있었지
달리 전할 방법이 없어
애만 태우고 있었지

갈대의 강

신명철

강을 따라 숨은 날들은
며칠을 못갈 것이다
그대 곁에 머문 강물도
속을 풀어줄 틈이 없다
능히 혼자 흔들려도
좋을 바람은
쉴 틈이 없지만
여전히 빈 채로
물가에 나설
용기가 없어
밖에서 길이 되는 강
젖은 새들의 가지는
낙엽 같은 꽃이 된다
뿌리로 눕던 언 그림자
계절보다 이른 물결 속에서
바닥까지 자지러진다
천상 마른 가슴인 채

눈 오는 날에

신명철

낮은 하늘
구름 속에 젖은 바람은
세상에 없는 노래를
하얗게 날리고 있었다
발자국은
여태도 이른 시간
낡은 창이라도
그대만 볼 수 있다면
종일 열어
화석이 된 사람을
보여 주고 싶다

밤차

신명철

잠이 든 사이
강을 건넜구나

눈을 떠도 볼 수 없는
세상의 어둠은
가파르게 깊어가고

앞서가는 미련
뒤척이는 생각들

잠속에도 열을 맞추는
세상의 속도는
소리가 없다

염주 기도

신명철

다시 봐도 새벽은
밤을 닮아있다
종소리를 따라
기원의 땅을
벗어난 바람도
번번이 길을 잃고
이제 소식이 없는
먼 곳의 안부는
안중에 없다
낡은 부스럼을 털어내는
깊은 응시
아직 해는
뜨지 않았다

안귀숙 시인은
경북 안동에 거주하고 있습니다.
시를 꾸준하게 창작하며 인향문단을 통하여
작품을 발표하고 있습니다.
인향문단 시화집과
다양한 문학잡지에 참여하였으며
왕성한 시창작 활동을 하고 있습니다.

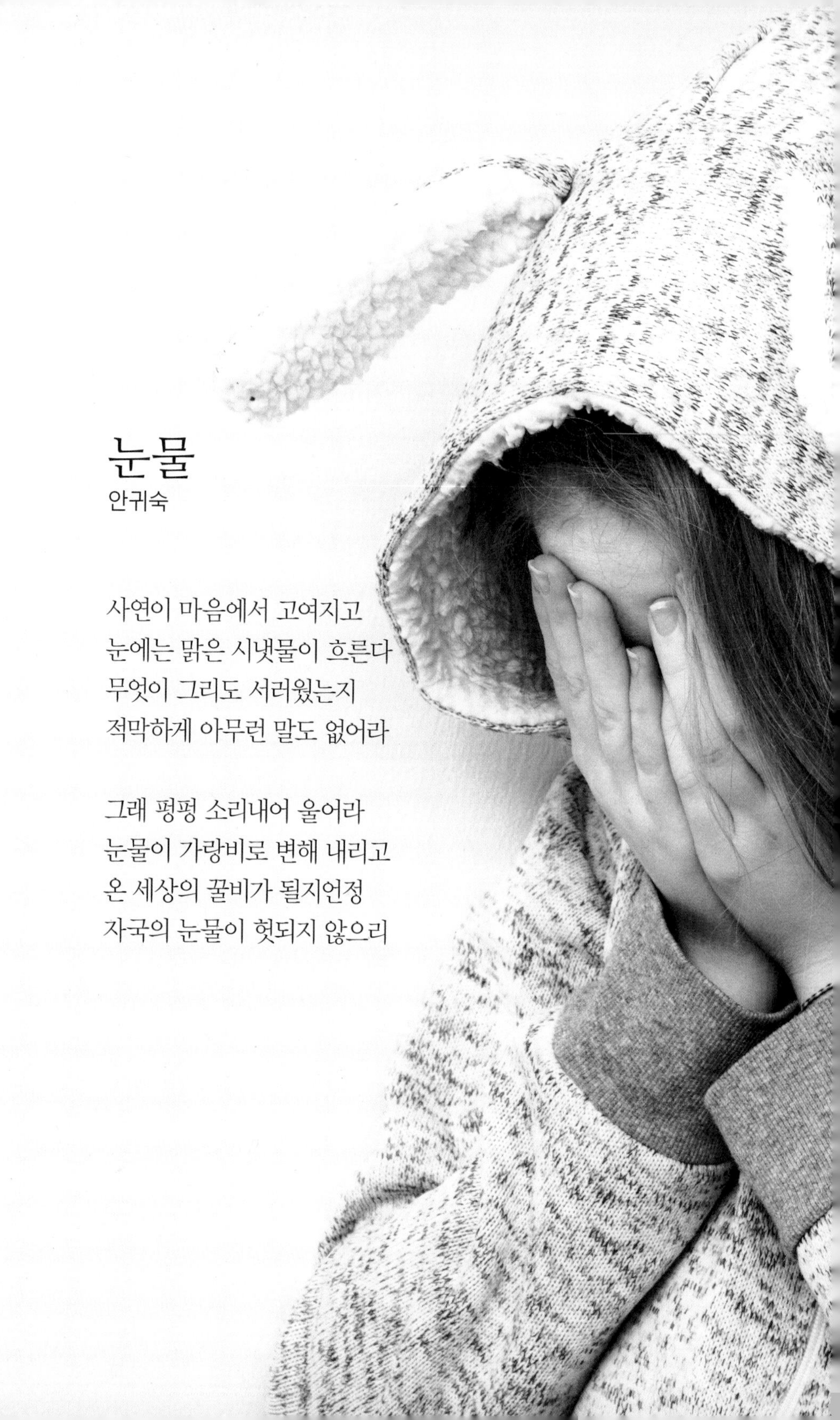

눈물

안귀숙

사연이 마음에서 고여지고
눈에는 맑은 시냇물이 흐른다
무엇이 그리도 서러웠는지
적막하게 아무런 말도 없어라

그래 펑펑 소리내어 울어라
눈물이 가랑비로 변해 내리고
온 세상의 꿀비가 될지언정
자국의 눈물이 헛되지 않으리

삶의 의미

안귀숙

미래와 과거는 어디
현재는 어디에 있나

과거의 순간이 현재
미래의 순간도 현재

말장난
또 말장난!!

부처의 멱살을 잡고
뜻을 물으니
그저 아름다운 미소만
지을 뿐

갈매기

안귀숙

기막힌 인연의 우리
외로운 갈매기와 나
숙이야 옥이야 친구가 없네

서로 외로우니 과자에
맺어진 우리 인연은
많은 것이 필요하지 않네

너는 나에게 관심
나는 너에게 관심
서로에게 사랑을 주네

참으로 빙글빙글 뱅글뱅글
위로 갈매기도 돌고 있으니
걸림돌 없는
바람이 춤추네

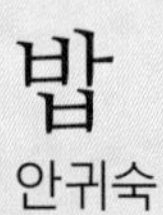

밥

안귀숙

오후의 햇살이 비벼진 밥을 먹는다
다양한 나물, 고추장과 참기름도 모인다

그 한 숟갈의 감사함에 먹으며
이 밥 한 끼 값에 먹먹해지는 마음

또르르 또르르 쓱쓱 싹싹
오늘도 하늘과 눈이 포개어진다

고독한 새

안귀숙

고독한 새는
오늘도
신의 시험을 받을 것이다

안보이는 것들이
보이는 것들을
일으켜 세우고 있을 지도

양정희경

부산교육대학교 졸업
부산교육대학원 영어교육전공졸업
음악·도덕·영어·체육·실과·전담 담임
초등교사로 근무
누워서 보는 독서대 특허
목걸이 건강 브래지어 디자인 특허 등록
경남 중부초등학교 교사
혼혈아동 국어 과외지도와
독립사관학교진학 학생과외지도 외에
부산과 경남 지역
초등학교 교사 역임

우리의 오늘

양정희경

꿈의 Vision을 이루는 생활로
오늘을 열어요.
반짝반짝 빛나는 별처럼 희망이 되어요.
온유한 미소를 나누며 첫눈같이 깨끗한 지구로 가꿔요
단잠에서 일어나는 축복으로
언제나 희망찬 아침인사를 나누며,

선물같은 오늘 온하루 찰나마다 애씀은
마침내 풍성한 결실이 되어,
모든 과정에 감사하는 마음으로
'우리의 오늘'을 기뻐해요.

– 온은 100을 뜻하는 우리말입니다. 1985. 부산교육대학교 시절 국어과 과제로 제출한 시 '1월의 기도'를 '우리의 오늘'로 오래 전부터 기도해 온 선진국 소원을 담아 다듬었습니다.

목욕 - 세신洗身의 즐거움

양정희경

그대의 생활의 고민을 내려놓듯
그대를 보호하는 보석·smart phone과 옷을 잠시 맡겨두고
허심청 온천 거울 앞에 앉아
가장 사랑하는 자기를 만나는 편안한 시간.

성별 한가지는 모두 같은 편안함
세상 영혼들의 아우성에 공감·호응하다가
자기의 목표로 되돌아오기를 반복하면서
흔들린 그대에게 말을 건네봅니다.
"수고했소. 사랑하는 친구여"

좋아하는 TV프로그램 '차클'에서 들었던
맹자를 맹추로 비유한 슬기로운 웃음처럼…
"인간을 선하다." "하나님을 닮았다."고 믿은 그대들이여.

그렇게 생각하며 노력한 덕분에
그대 지구 여행에서 마음과 육체를 깨끗하게 세신하듯, 씻으며
이렇게 쇄신하며 목욕·세신의 즐거움을 즐기며
노래함을 축하합니다.

– 극심한 경쟁으로 국민학교시절부터 천직으로 여긴 교사직에 엉뚱한 소문으로 힘든 상황에 노력을 하는 중 입니다. 응원을 바랍니다.

It's getting better 참 좋아집니다

양정희경

참 좋은 신앙단체를 찾았습니다.
참 좋은 모임이 생겼습니다.
참 좋은 공동체 구성원이 되어 갑니다.
참 좋은 나 그리고 우리가 되어 갑니다.
참 좋은 우리로 지구로 진화합니다.
참 좋은 우리나라로 지구로 될 겁니다.

I found the very good church.
We have a very good meeting.
I'm becoming a good community member.
It's a great me and we're coming.
It evolves into a good country
and it evolves to Earth.
It's going to be a great country.
and it's going to be the Earth.

– 부산교육 혹은 부산대학교에서 나오면서 느낀 행복감과 또 오는 길에 자녀에게로부터 콜을 받고 두날개 선교회 풍성한교회를 만나서 되찾은 영혼의 기쁨으로 이런 글노래를 낳았습니다. 참 주관적인 내용이지만 부족한 우리가 좋아지기를 바라는 희망을 담았습니다. 멋진 가락을 붙여 동요로 불리면 좋겠습니다.

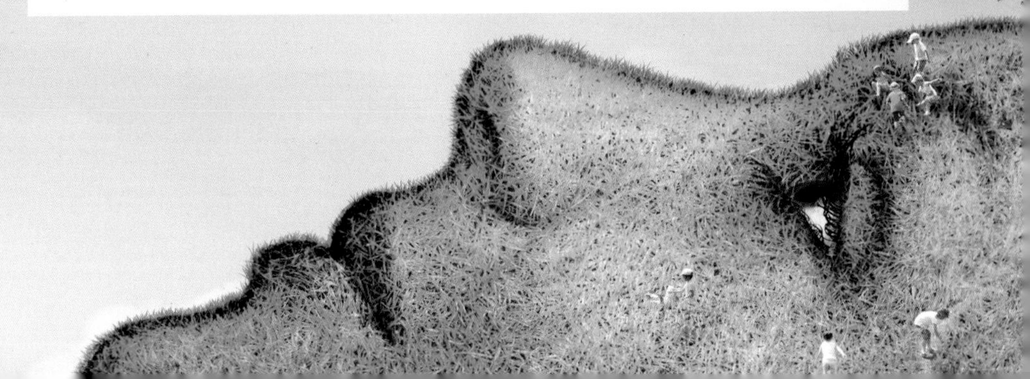

우리동네(동래東來)

양정희경

아침이면 창신초등학교로 출근하는 57번 버스 안에서
'승객의 안전 확인 후 출발'이라고 쓰인
운전기사님의 다짐을 붙인 예쁜 문구를 보며
우리 동래 석사로를 지날 때
정다운 이곳 저곳
이동통신사 가게·쌍둥이 돼지국밥 음식점 일터에서
자신의 일에 보람과 가치를 표현하며 살아가는
내 마음속 이웃의 모습이
나의 뇌리속 눈에 그려지며
행복한 미소가 나의 얼굴에도 머문다.

아침이면 창신초등학교로 출근하는 57번 버스 안에서

– 시 이야기는 부산 공기좋은 아파트에 살며서 근처 근무지 학교로 출근하며 지은 시입니다.

매일 부활에 감사하며

양정희경

매일 부활하는 아침에 감사하며
십자가의 힘으로 출발합니다.
주 예수 십자가의 놀라운 능력
부활승리를 기뻐하며 감사합니다.

지난 새벽 성소로
오늘 아침 학교로 이끄신 은혜
순전한 마음과 믿음으로 두손 모읍니다.
오! 주 하나님, 큰 은총 내려주세요.
오! 주 하나님, 큰 은혜 내려주세요.
긍휼하신 은혜받아 낡은 습관을 버리고
믿음으로 행합니다.
온 땅 하늘 바다도 만왕의 왕 우리 주를 경외합니다.

하늘 보좌 지성소에 이를 때까지
우리 생에 함께 해주세요.
우리 생을 드릴 수 있게 축복의 길로 이끌어주세요.
매일 부활하는 아침에 우리 생에 동행하시고,

가치있는 열매로 받아주세요.
아멘.

– 부산시청근처 거제교회를 섬길 때 연신초등학교의 수업 중
교학상장하며 지은 글노래 시입니다.

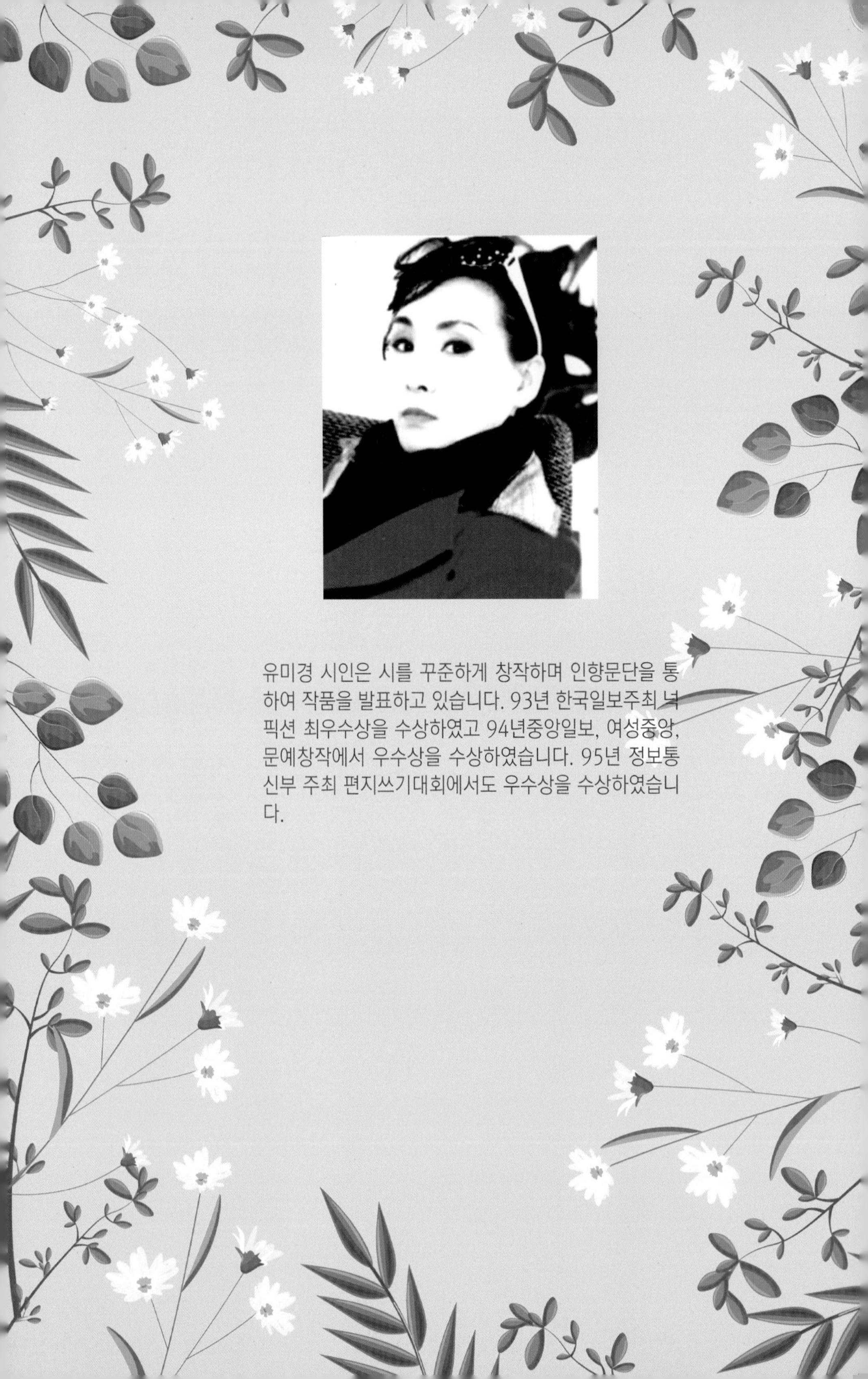

유미경 시인은 시를 꾸준하게 창작하며 인향문단을 통하여 작품을 발표하고 있습니다. 93년 한국일보주최 넌픽션 최우수상을 수상하였고 94년중앙일보, 여성중앙, 문예창작에서 우수상을 수상하였습니다. 95년 정보통신부 주최 편지쓰기대회에서도 우수상을 수상하였습니다.

마음의 온도

유미경

그때 분명 100을 주었다
진심을 가득 담아
가득 넘치는 마음과
100을 주었는데
받은 이의 100은
죽은이의 햇살처럼 사라졌다
마이너스가 되어있다

더는 줄 것이 없어
1을 겨우 주었다
따뜻한 말 한마디
밥 한 숟가락 먹이며
힘내라 어깨 토닥임이 전부였는데
분명 1만 줬는데
산사람의 햇살처럼
100이 되어 있다

3월의 씨눈

유미경

세상밖으로 조심스레
고개만 쏘옥
그대 눈빛이
예사롭지 않구나

한 철 살 것임이
자명함에도 조심스레
자신의 뿌리에
죽을 힘을 다해서
움트는 아기생명

이것이 진정한
뜨거움의 열정이란 것을
비로서 깨닫는 신선한
춘삼월

나이값

유미경

당신이 얼마나
잘나서
그래서 얼마나
대단타고
물으니
산 세월이 값이라고

오래 묵음
비싼 거냐 물으니
한 백년이라도
살아보고 물으라니

참말로
당신 똥이 굵소
좋네요 그려
한 백년도 못 살면서
뭣이 그리 대단타고
하하하하

첫눈

유미경

밤새
님 오신 줄을 모르고
이미 왔는 줄을 모르고

적막이 주는
주파수에
눈을 감고서
님
미소를 본다

스륵
빗장을 열지
않고서도
홀연히
사르르

바람소리가
들리지 않는다

그래서
더 없이 좋다

오늘 하루 아프다

유미경

공한[空閑]
시간의 하루
남루한
관성이 눈을 뜬다
먹이사슬의 약자인듯
어미의 젖가슴을 떠난
이 땅위의 굴레

모래알 파편들이
심장에서
뇌파에서
손톱을 세우고
기억을 한다

이명국

서울에서 출생하였으며
아호는 광일.
들풀문학으로 등단하였으며
인향문단에 시를 발표하면서
개인창작시집을 준비중입니다.

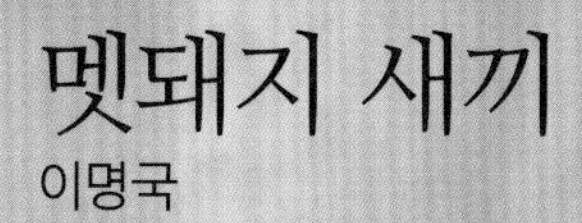

멧돼지 새끼

이명국

길앞에 팔뚝 만한 것이
나를 쳐다보고 있다네

가까이 다가가니
멧돼지 새끼네

잠시 눈을 마주보니
새끼가 부끄러운지
숲속으로 들어가 사라지네

수줍움 많은 새끼를 생각하며
새끼가 사라진 숲속을 연신
아쉬움으로 바라본다네

짐승의 새끼도 이렇게 귀엽거늘
자기 새끼는…

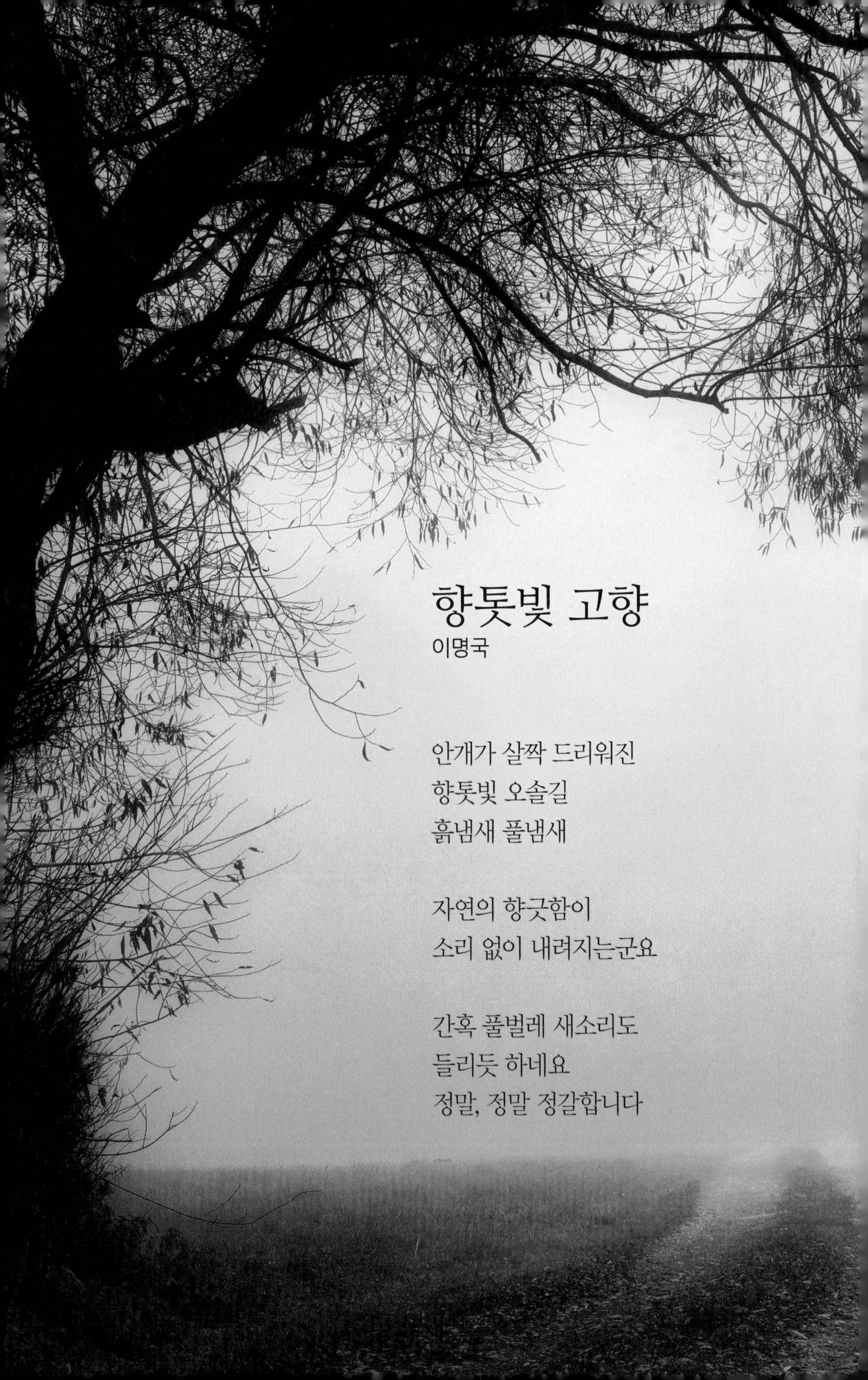

향톳빛 고향

이명국

안개가 살짝 드리워진
향톳빛 오솔길
흙냄새 풀냄새

자연의 향긋함이
소리 없이 내려지는군요

간혹 풀벌레 새소리도
들리듯 하네요
정말, 정말 정갈합니다

부침개

이명국

울어머니 노릇노릇
부침개에 꼬신 냄새 퍼지면

어려서 아버지께서 해주신
부침개를 먹었던 기억들이
새록새록

오일장 날
시장에서 파는 부침개를 들여다보고
어머니께 드실 거냐 하니
안 드신다 하네요

그래도 집에서 자식이 부치는
부침개를 잡수시는
어머니를 보고 있으니
기분이 좋아집니다

낙엽

이명국

낙엽 한 닢 외로이
나뭇가지에 걸려 있네

쓸쓸함이 묻어 있어
고향이 그리워 지는구나

어린시절 물장구 치고
얼음 타던 선배후배
모두 떠나고

할배 할매들만
서까래 아래 앉아서

홀로된 낙엽처럼
고향을 지키고 있구나

가을

이명국

가을이면 어머니가 생각난다
가을이면 아버지가 생각난다

뒷동산 밤, 대추 따다가
가족들 모여 앉아

오손도손 옛이야기 나누며
가을밤을 지새운다

가을이면 그 님이 생각난다
오늘도 오시려나
동구밖에서
그 님을 기다린다네

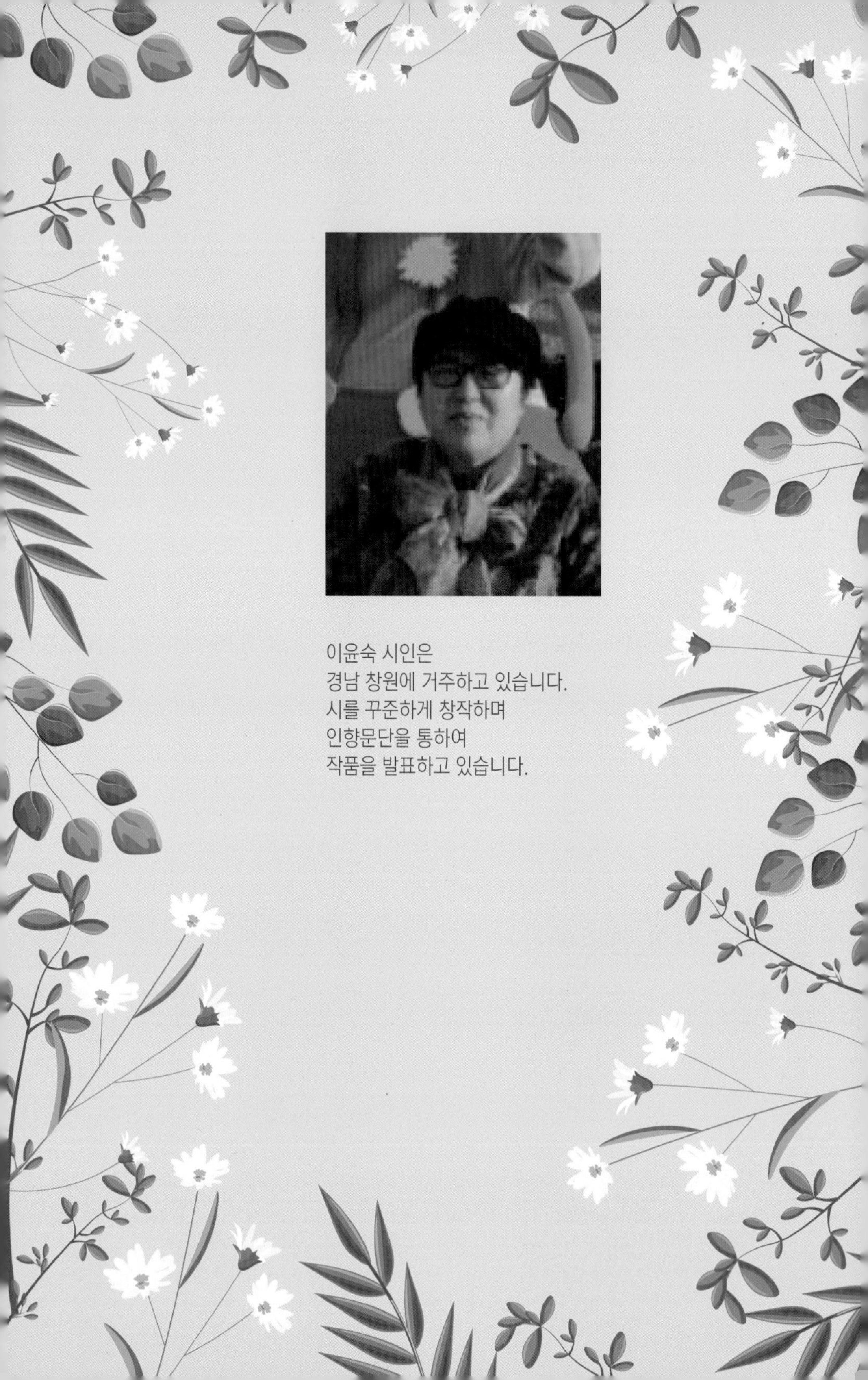

이윤숙 시인은
경남 창원에 거주하고 있습니다.
시를 꾸준하게 창작하며
인향문단을 통하여
작품을 발표하고 있습니다.

봄에

이윤숙

아가씨와 늑대들

아이!
쪼매만 풀어주이소
숨이 막히네요

너무
비좁아예!

물속을 즐기는 공작새

이윤숙

가끔은
시원해요

자주 보여달라고
조르는 사람들 피해서

물거울이 파르르
잔잔한
미소를 지어요

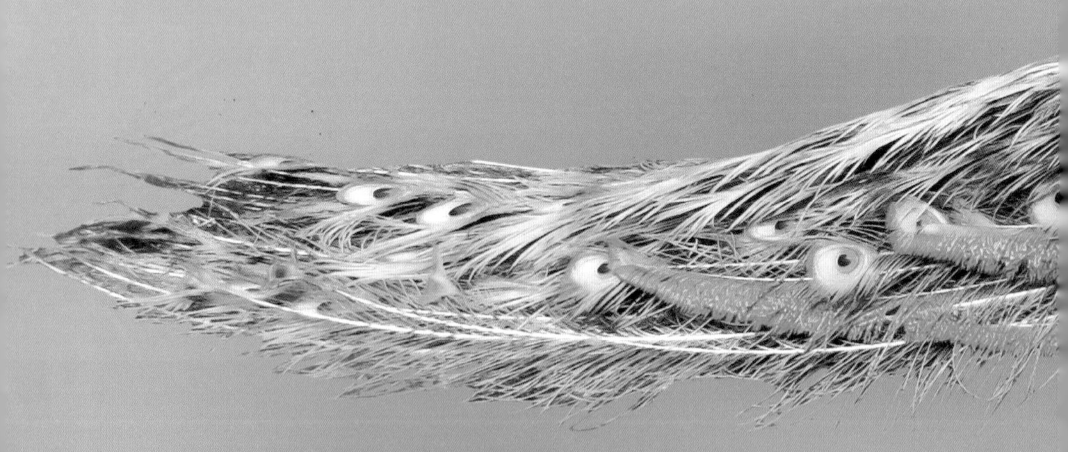

뒷 모습

이윤숙

봄이라
웃었는데
활짝

웬걸!!
고목에 피네요
부끄러
뒤돌아섰는데

헐
안 뀌었어요
향내음 좋지유?

봄

이윤숙

겨우내 꽁꽁
땅속에 숨어 통통
살쪘어
꼬랑지도 길렀지

그런데
이렇게 홀라당
벗겨놓은 거야

봄햇살에
부끄럽잖아

에구! 챙피해

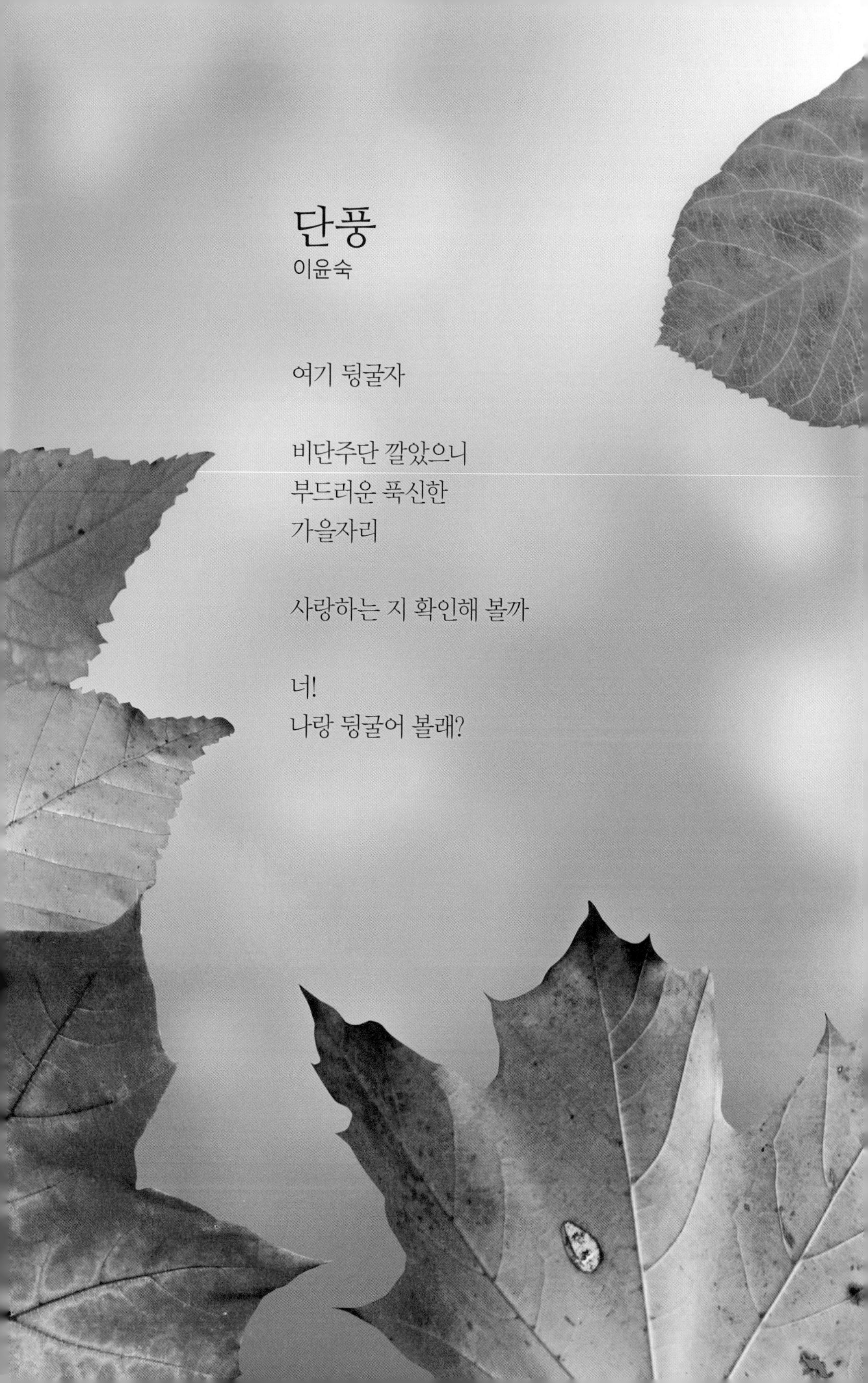

단풍

이윤숙

여기 뒹굴자

비단주단 깔았으니
부드러운 푹신한
가을자리

사랑하는 지 확인해 볼까

너!
나랑 뒹굴어 볼래?

이은숙
1964년생
충남 청양
프리랜서 활동
문학촌 서울지역장

친정엄마 기일

이은숙

중복 비 내리던 날
엄마는 산에 가네

꽃상여 가운데에 지친 몸 누이시고
엄마는 세상의 고통 뒤로 하고 떠나네

세상사 고달픔은 아버지 물려받고
엄마의 외로움도 아버지 혼자이고

가는 님
한없이 보며
소리 없는 눈물만

마당

이은숙

엄마의 큰 그림자가 마당에 드리워졌다
일찍 빗자루질 된 마당이 정갈하다
빗자루 자국이 그림처럼 이쁘고
해가 높아져 엄마 그림자는 짧아지고
나무 그림자 한무더기가 그늘을 만들어 내고

그 위를 병아리 발자욱이 삐약이며 지나가고
아기 맨발 자욱이 뒤뚱뒤뚱 지나가고
멍멍이의 요란한 발자욱이 우루르 지나가고
우리를 벗어난 돼지 발자욱이 급하게 지나가고
엄마소를 찾는 젖먹이 송아지가
찡찡거리며 지나가더니

어느새 모든 발자욱이 보이지 않고
하늘에 반짝이는 별이 나타나더니
은하수 깊게 흐르고
하루를 부산하게 마친 발들이
저마다의 처소에서 깊은 쉼을 보낸다

낼은 또 마당이 얼마나 숨가뿔까

춤

이은숙

들판이 춤을 춘다
산이 춤을 춘다
바람이 거들어
구름도 춤을 춘다
바다도 춤을 춘다
열정을 다 받쳐
격렬히 춤을 춘다
내 마음 두려운데
자연은 즐거웁다
나무가 부러지고
뽑혀지도록 춤을 추는데
무서운 내 두 눈
심한 파도 일렁인다

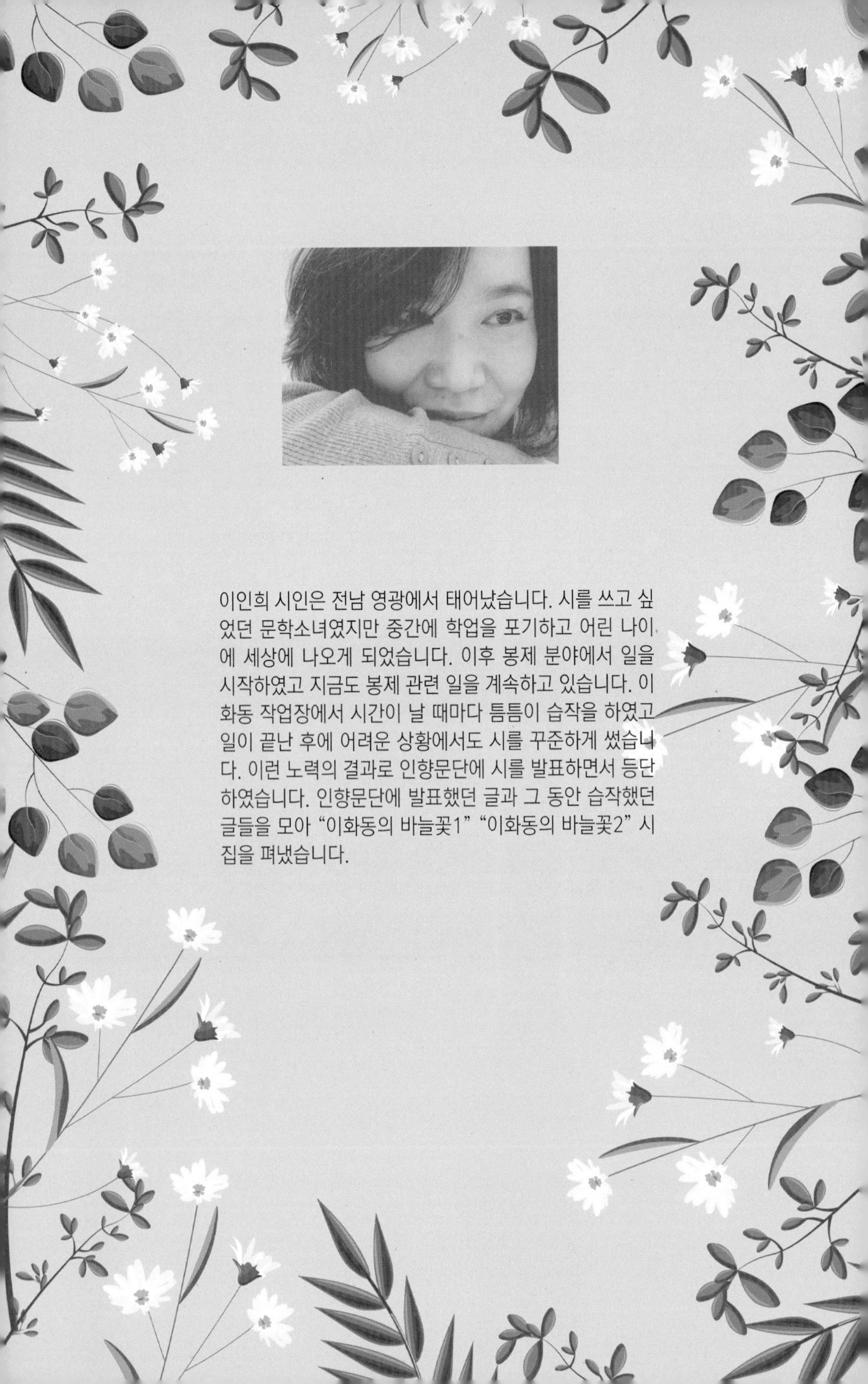

이인희 시인은 전남 영광에서 태어났습니다. 시를 쓰고 싶었던 문학소녀였지만 중간에 학업을 포기하고 어린 나이에 세상에 나오게 되었습니다. 이후 봉제 분야에서 일을 시작하였고 지금도 봉제 관련 일을 계속하고 있습니다. 이화동 작업장에서 시간이 날 때마다 틈틈이 습작을 하였고 일이 끝난 후에 어려운 상황에서도 시를 꾸준하게 썼습니다. 이런 노력의 결과로 인향문단에 시를 발표하면서 등단하였습니다. 인향문단에 발표했던 글과 그 동안 습작했던 글들을 모아 “이화동의 바늘꽃1” “이화동의 바늘꽃2” 시집을 펴냈습니다.

신발

이인희

아침 되면 어디로 갈까
너도 궁금하겠지만
나도 오늘을 모른단다

어제처럼 걷다가
멈출 수도 있고
돌아올 수도 있단다

하지만 조금 피곤한 삶을 살아도
너는 항상 내 발이 되어
나를 버티게 해주는 신발이었지

끝까지 나를 지켜주는 신발
내가 어딜 가든
돌아오든
현관 입구까지 나를
편하게 데려다주는
신발

이 신발을 6년 정도 신었네요
버리기가 아까워요
밑창만 수리해서 신으려고요

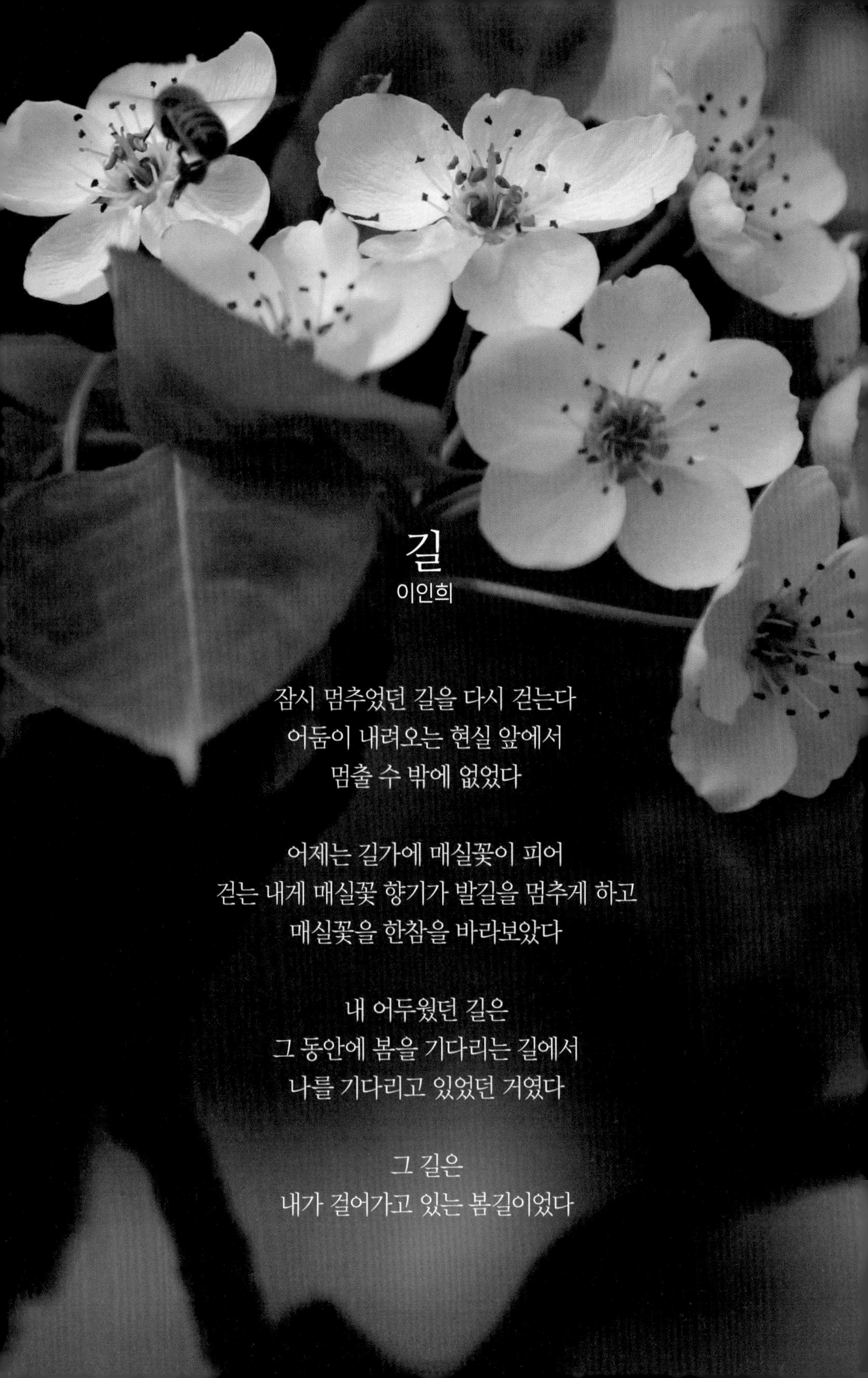

길

이인희

잠시 멈추었던 길을 다시 걷는다
어둠이 내려오는 현실 앞에서
멈출 수 밖에 없었다

어제는 길가에 매실꽃이 피어
걷는 내게 매실꽃 향기가 발길을 멈추게 하고
매실꽃을 한참을 바라보았다

내 어두웠던 길은
그 동안에 봄을 기다리는 길에서
나를 기다리고 있었던 거였다

그 길은
내가 걸어가고 있는 봄길이었다

청포도

이인희

시장에 가면 작은 슈퍼마켓
탐스러운 청포도

가끔 청포도가 먹고 싶을 때가 있다
한송이만 살까말까 하다

결국 한송이만 산다

아주 가끔 청포도가 먹고 싶을 때
내게 청포도 한송이를 사준다

아주 가끔

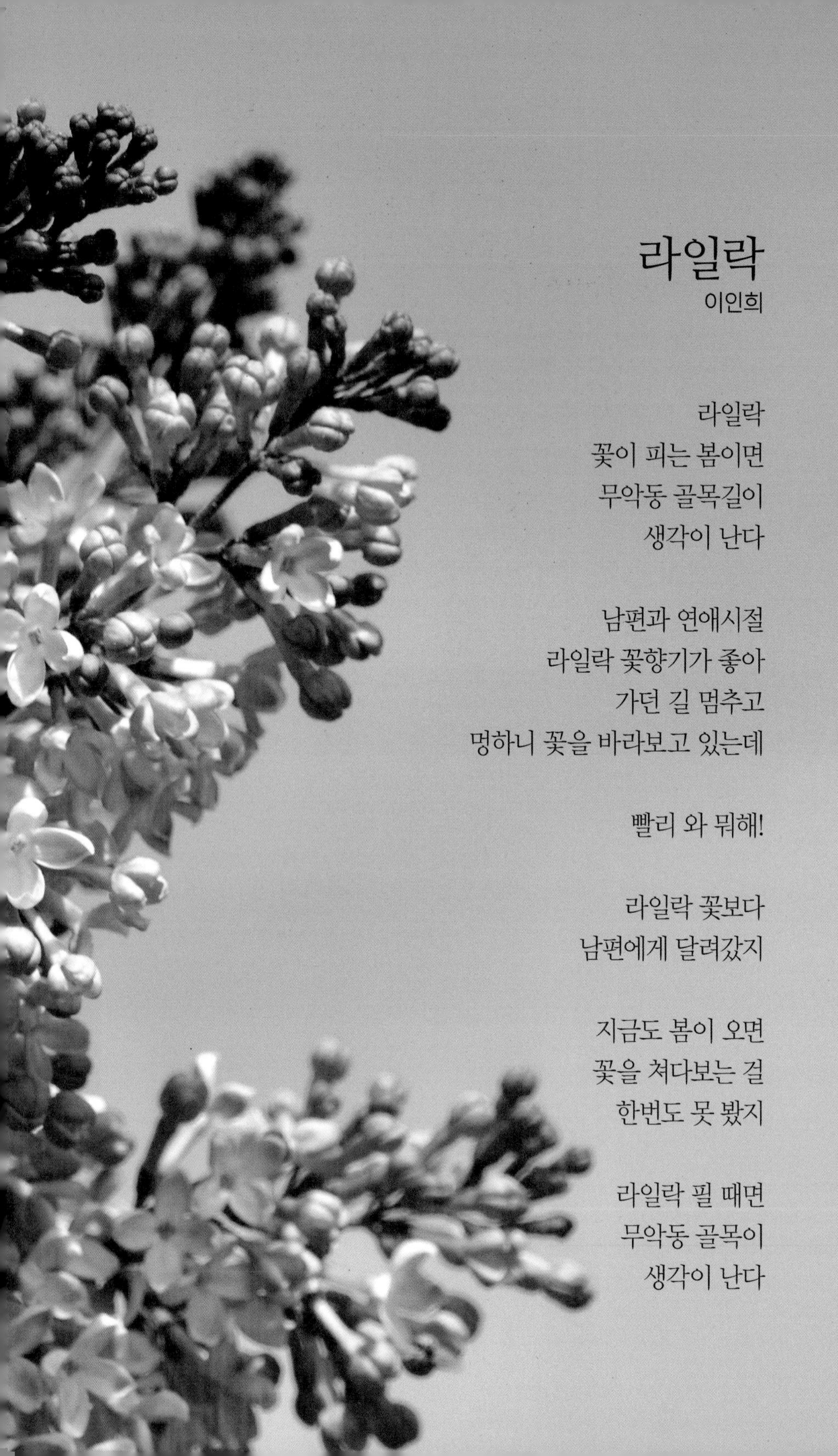

라일락

이인희

라일락
꽃이 피는 봄이면
무악동 골목길이
생각이 난다

남편과 연애시절
라일락 꽃향기가 좋아
가던 길 멈추고
멍하니 꽃을 바라보고 있는데

빨리 와 뭐해!

라일락 꽃보다
남편에게 달려갔지

지금도 봄이 오면
꽃을 쳐다보는 걸
한번도 못 봤지

라일락 필 때면
무악동 골목이
생각이 난다

자유

이인희

내가 내 속에서 나오고
다른 곳으로 가고 있는
나를 보고
그냥 잡지 않는다
그 동안에 답답해도
나오지 않았다
갈 때가 없는 게 아니라
자신이 없었다

늘 그렇게 살았던 것처럼
그렇게 살아야 하는 것으로 생각했지
머릿속에서
가슴속에서
말들은 답답해 하고
나는 표현을 하지 못해서
혼잣말 중얼중얼

내속에 말들을
이제는 자유롭게
밖으로 보내고 싶다

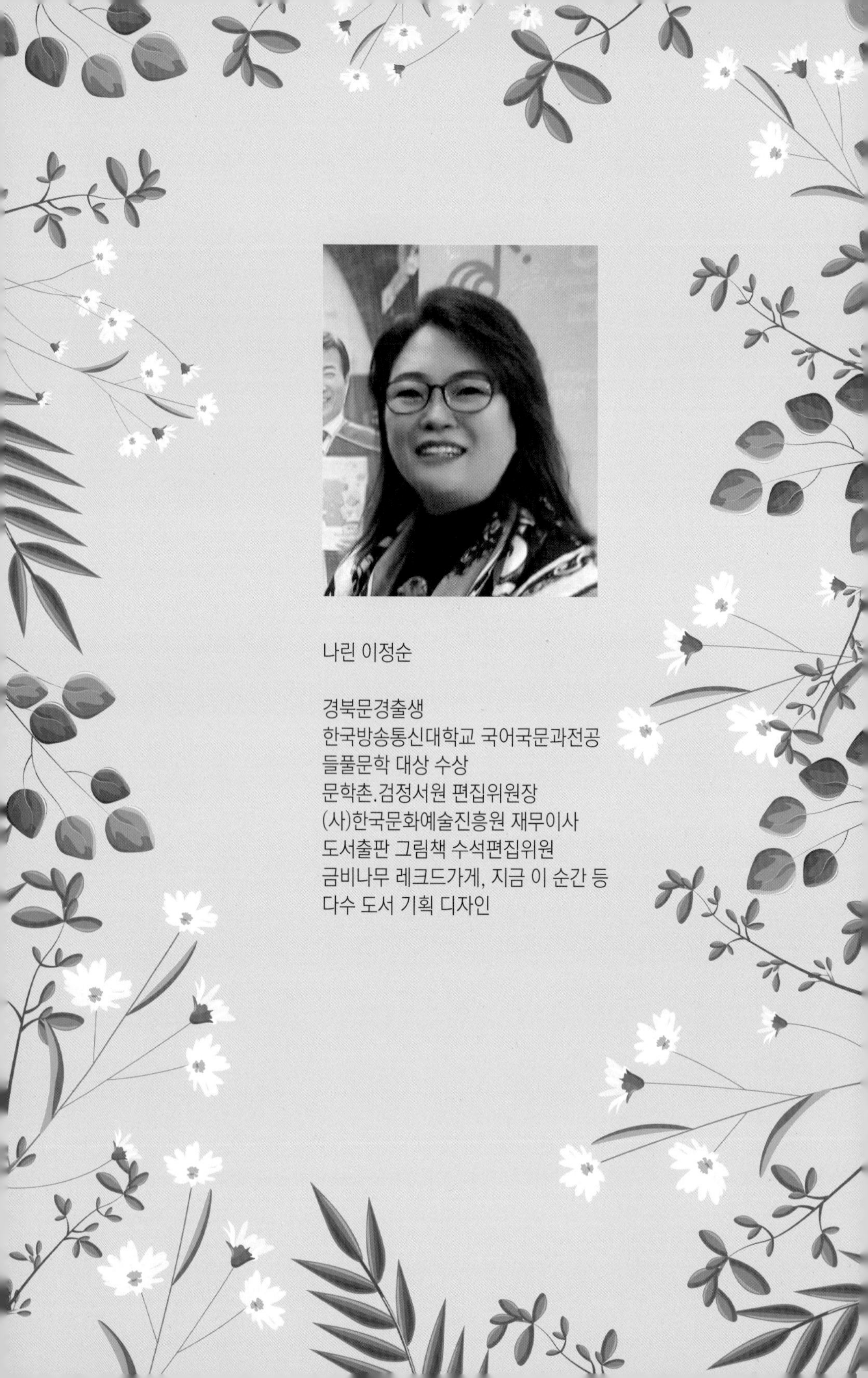

나린 이정순

경북문경출생
한국방송통신대학교 국어국문과전공
들풀문학 대상 수상
문학촌.검정서원 편집위원장
(사)한국문화예술진흥원 재무이사
도서출판 그림책 수석편집위원
금비나무 레코드가게, 지금 이 순간 등
다수 도서 기획 디자인

봄이 온대요

나린 이정순

얼음 속에서 복수초가
일등으로 알려줬어요

진달래도 얼굴을 내밀며
인사를 하네요

겨울을 견디고
흰 눈 쓴 채 매화가
피어났네요

개나리도 일제히 웃으며
손뼉을 치네요

목련이 수줍게
미소 지으며 윙크하더니

벚나무 가지도 한마디
거들며 나는 좀 천천히
따라갈게

산에 들에 저마다 축제인데
웅크린 세상은
언제나 꽃을 피우려나

지친 몸

나린 이정순

온몸을 칼날 같은 세포들이
헤집고 다닌다

지쳐버린 삶
몸이 당분간은 쉬어가라고 한다

몸살 앓는 밤
글 한 자로 위로받고
글 한 자로 아픔을 이겨낸다

창을 두드리는 바람만이
내 마음을 알아준다

아프고 지친 마음을
위로해주며
나에게 속삭인다

너는 이 세상에서
가장 소중한 존재라고…

바람아 너도 좀 쉬어가렴
그리고
말 해줘서 고마워

그리움

나린 이정순

하얀 이를 드러내며 웃는 모습
흑백 속 멈춰 있는 그리움

이별이 앞서고 사랑은
남아서 아프다

둥근달이 걸린 하늘은
푸르다 못해 시린데

하고 싶은 말 한마디
끝내 하지 못하고
서러운 달 속에 묻어버렸다

아프다 너로 인해

노래를 하여도
꽃을 보아도 흐르는 눈물은
다시 못 올 이별을 안다

황량한 들판에 홀로 남은 듯
한없는 추억들
그리움이 눈물 젖어 내려앉는다

정조인

1969년생
전남 나주
청운대학교에 재학 중
회사원
들풀문학에 시를 게재하면서
등단하였습니다.

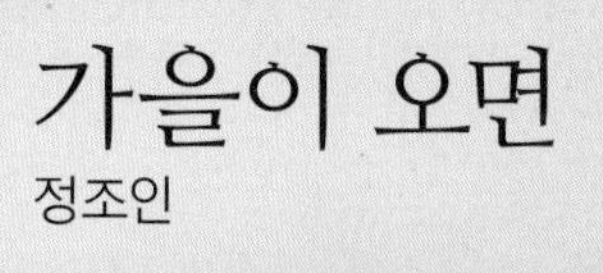

가을이 오면

정조인

가을이 오면
내곁으로 오세요

파란 가을하늘속으로
그리운 그대 얼굴 떠올라
그리움이 커져가네요

가을빛 닮은 그대
내 마음으로
그대를 초대하오니
아름다운 가을빛
가득 품고
내게로 와
그리움 한자락 듬뿍 채워 넣어주세요

찬바람이 불면
내 곁으로 오세요

그대 그리워질 때면

정조인

가슴을 메어오는
그리움이 찾아들 때면
공허한
벤치 빈자리에 앉아
눈시울을 적십니다

그리워
아파오는
마음을 움켜쥐고서

그리움 바람에 실어
날려보냅니다

봄길 마중 나가지 않을래요

정조인

오색 무지개 꿈을
꽃 피울 봄처녀가
자박자박 오고 있네요

새들은 하이얀 솜깃털을
바지런한 날갯짓으로
봄을 부르네요

얇은 옷차림의 냇물은
큰 꿈을 품고 바다로
흘러 흘러갑니다

어둡고 차가운 침묵의
긴 겨울의 터널을 지나
마음의 빗장을 열고
텃밭으로 나가 보아요

우리 마음과 마음으로
어우러져
꿈결 같은 봄길
마중 나가지 않을래요

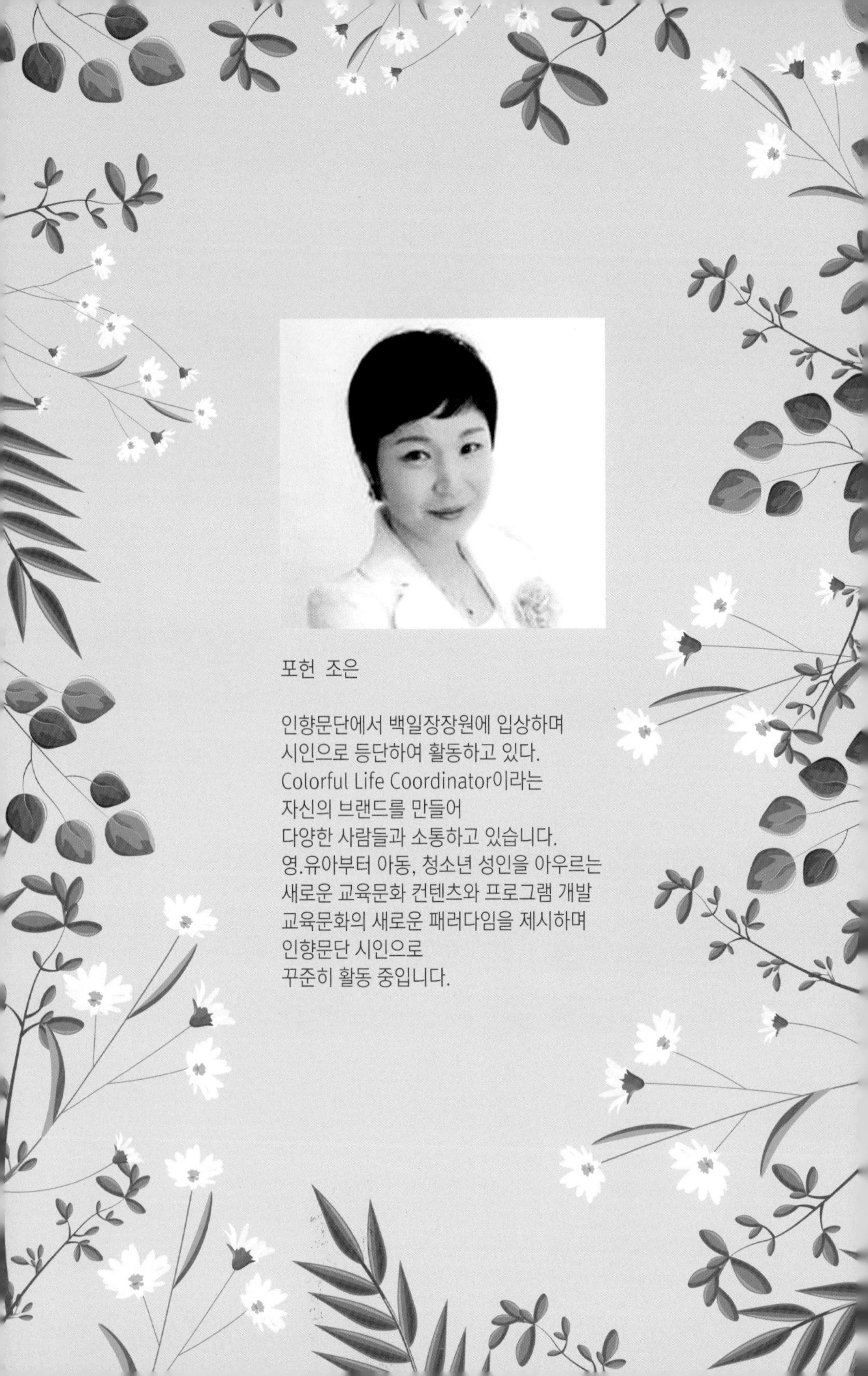

포헌 조은

인향문단에서 백일장장원에 입상하며
시인으로 등단하여 활동하고 있다.
Colorful Life Coordinator이라는
자신의 브랜드를 만들어
다양한 사람들과 소통하고 있습니다.
영.유아부터 아동, 청소년 성인을 아우르는
새로운 교육문화 컨텐츠와 프로그램 개발
교육문화의 새로운 패러다임을 제시하며
인향문단 시인으로
꾸준히 활동 중입니다.

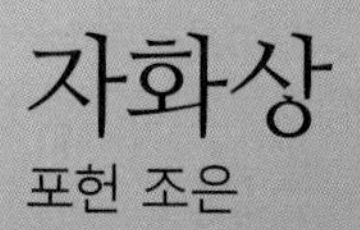

자화상

포헌 조은

흐르는 물이든 고인 물이든
물그림자 만들어 모습 비추인다

거짓 없이 해가 비추는 대로
그저 반사되기만 하는 것인데

한 번도 같은 모양인 적 없고
한 번도 같은 색인 적 없었다

똑바로 서 있어도 늘 흔들리고 있고
때로는 알 수 없는 형체로 보인다

못난 것이 늘 흘러가는 물탓이라 한다
가만 놔두지 않는 바람 때문이라고만 한다

가을비

포헌 조은

뜨거운 열기를 안고 살기엔
타버릴 것 같아 쏟아 버린다
내려놓을 때가 되었다
거스를 수 없는 흐름에
서늘함을 안고 낮은 곳을 찾는다
작은 소리로 시작을 알리며
그렇게 조금씩 계절을 품는다

이렇게 서서히 익어 간다

마음

포헌 조은

사람이 아프고 사랑이 아프다
믿음이 서럽고 운명이 서럽다
사는 게 힘들고 죽는 게 힘들다
누군가 그립고 그 시간 그립다
바람이 시리고 온몸이 시리다
눈물이 차갑고 손끝이 차갑다
그렇게 내 맘이 차가워 얼었다

숨바꼭질

포헌 조은

어디에 숨었니?
잠시 눈 감은 사이
외로움 속으로 사라진
고독한 흔적을 찾아
거리를 헤매인다
바람에 묻어온 향기는
차가운 가슴 닮아 있고
하늘빛 구름엔
아련한 얼굴 그려진다
불러도 대답 없고
둘러 봐도 뵈지 않는
숨은 그리움에
발목 잡혀 자리를 맴돌고
떨어지지 않는 걸음은
해를 보내고 달을 맞는다

너는 어디 있는 거니

봄비

포헌 조은

잠자는 초록 깨우는 달콤한 손짓
살며시 눈 떠보면 차가운 유혹의 입맞춤

설레는 보랏빛 안개 공간을 채우고
기특하게 잘 견딘 초록 고개를 삐죽이고

잊었던 그리움 하나 이슬에 비치면
그 때 그 날처럼 휘파람 소리 들린다

게으른 개구리 깨우고 수줍은 진달래 단장시켜
아련한 기억 저 편 소녀를 찾아 간다

뒷산 가득한 분홍 그리움 한아름 품고 오면
언제나 한결같이 반겨주는 포근한 굴뚝 연기

그 연기 하늘에 퍼져 이제 다시는 볼 수 없는
사무치는 얼굴이 되어 가슴에 담는다

최성유

강원 원주시 출생
법명 : 무루지 (無漏智) · 아호 : 행원(杏園)
현) 대한불교조계종 전문포교사
현) 보육교사
돌담동인 회원으로 활동중이며
인향문단 시화집에 시를 발표하면서
등단하였습니다.

봄아

최성유

어느 산골
새색시 같은
설레임으로

어서 오너라
봄아, 어서 오너라
봄아

내 어머니
연분홍 치맛자락
놓칠까

어서 오너라
봄아, 어서 오너라
봄아

아,
내 어머니는
떠나고

연분홍
아지랑이만
홀로 운다

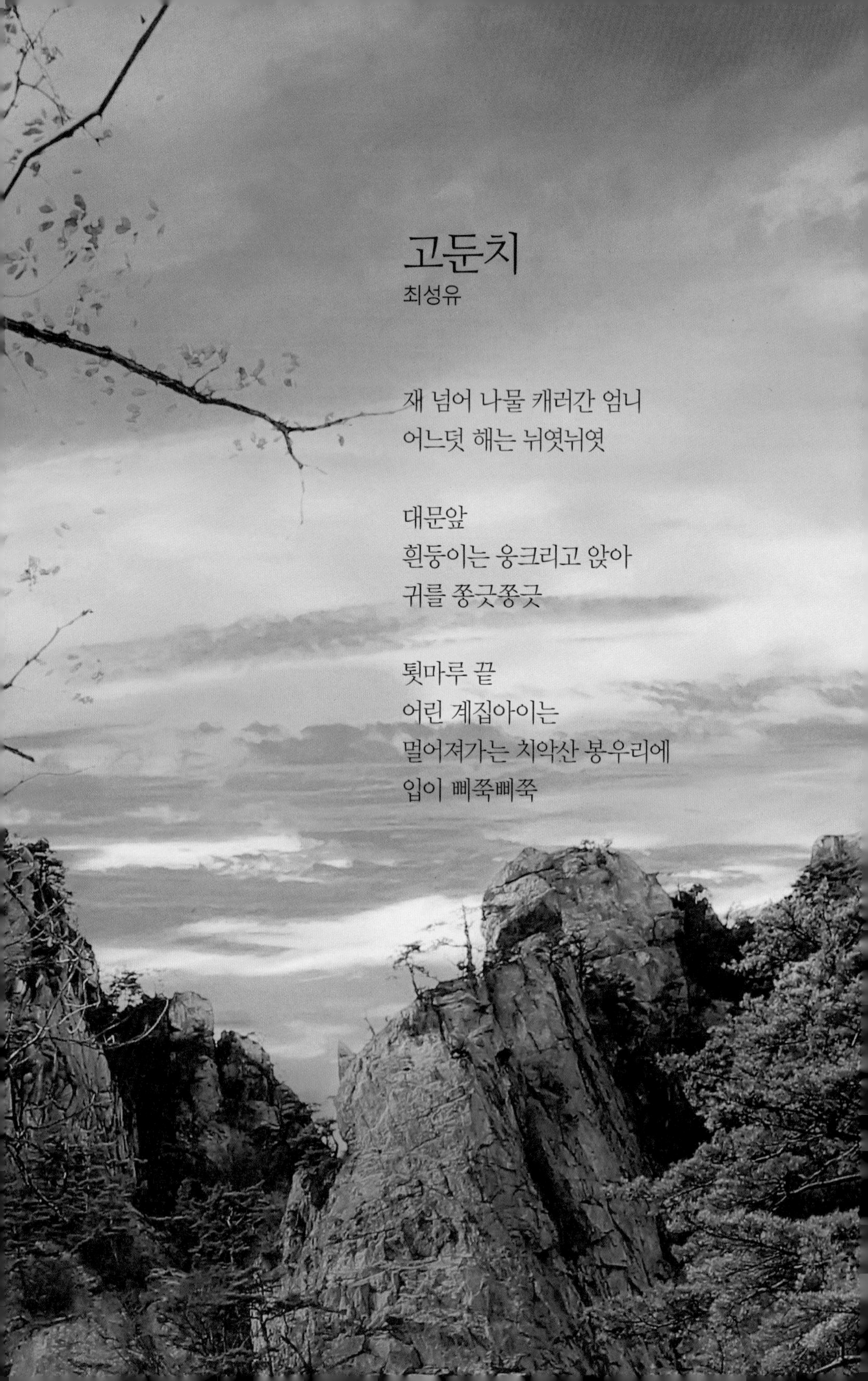

고둔치

최성유

재 넘어 나물 캐러간 엄니
어느덧 해는 뉘엿뉘엿

대문앞
흰둥이는 웅크리고 앉아
귀를 쫑긋쫑긋

툇마루 끝
어린 계집아이는
멀어져가는 치악산 봉우리에
입이 삐쭉삐쭉

춘설春雪

최성유

아시나요
눈물을 흘리며 피는 꽃이 있답니다
아시나요
새하얀 고결함으로 아픔을 삼키는 꽃

몰랐어요
고결한 아름다움이 눈물 속에 핀 줄
몰랐어요
당신의 사리舍利로 피어난 줄

가라사대

최성유

숨죽인 파도여 일어나 풍악을 울려라
힘잃은 갈매기여
땅을 치솟아 올라 춤추라

바람은 거칠고
음악 또한 우렁찬 대 협주곡

이 웅대한 자연의 협주를
누가 있어 막을 쏘냐

햇살은 잠시 구름 뒤
다음을 준비하고

우리는 오직
막 오른 지금 무대를 즐길 뿐이다

49재

최성유

가시는님
걸음걸음
꽃비내려

발자국마다
연분홍빛
꽃물들어

가시는님
기쁨으로
가시거든

가시는곳
그곳에서
연꽃송이

오르거든
환희로서
맞으소서

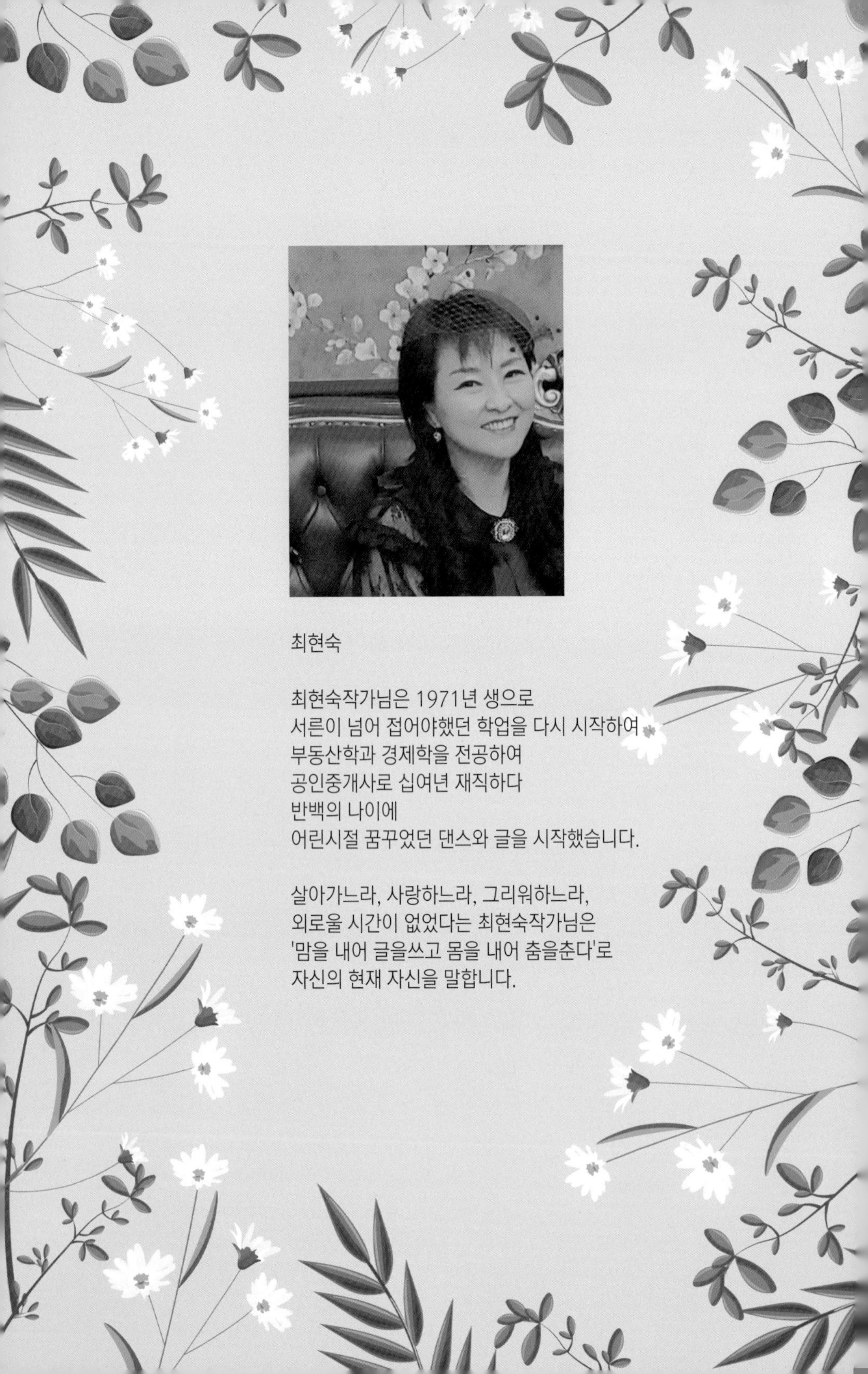

최현숙

최현숙작가님은 1971년 생으로
서른이 넘어 접어야했던 학업을 다시 시작하여
부동산학과 경제학을 전공하여
공인중개사로 십여년 재직하다
반백의 나이에
어린시절 꿈꾸었던 댄스와 글을 시작했습니다.

살아가느라, 사랑하느라, 그리워하느라,
외로울 시간이 없었다는 최현숙작가님은
'맘을 내어 글을쓰고 몸을 내어 춤을춘다'로
자신의 현재 자신을 말합니다.

그리움

최현숙

어둠이 내린 하늘로
별님 호롱을 켠다

이어진 어느 녘
따스한 온기를 전하던
내 쉼터를 그리고 있다

아침을 열던 조잘거림,
그 모든 것을
익숙하게 기억하는
포근한 기다림

두고 온 달콤한 향
포도송이 담긴
그리움이 마르기 전에

별빛 몰아
찬란한 아침을
나의 고운 하늘님께
두 손 가득 전하고 싶다

그 아이

최현숙

슬픔이 내리는 날
곱디고운 아이가 간다
머리에 내려 줄
하얀 세월을 비껴
겨울의 아련함을 맞으며 간다
얇디 얇은 한 장의 막을 건너
하늘바다 작은 쪽배 홀로 저으며
돌아보고
또 돌아보고
아직 날리지 못한 홀씨를
가슴 미어지도록 손 저으며
아름다운 그 아이가 간다
하늘과 땅을 추억으로 엮어
그리운 너에게
다시 만날 하늘의 만찬 준비를 부탁하고
땅의 남은 날은 우리가 지고 가려한다
서러움 덜고
아쉬움 덜어
고운 꿈꾸시길

여정

최현숙

기쁜 날 눈물로
엮어진
고운 삼베 옷 한 벌

이고 질
무거움 없이
가볍고 또 가볍다

아쉬움은
남겨진 자의 몫이려니
그리움은
남겨진 자의 몫이려니
길고 긴 세월이
무슨 자랑이겠는가

하루 가득 담긴
어우러진 웃음소리면
좋은 날
좋은 나들이일 뿐인 것을…

노년의 소년에게

최현숙

푸른 하늘을 닮아 잡을 수 없지만
그 곳 그대로의 하늘로
깊은 바다를 닮아 알 수는 없지만
함께 흘러주는 바다로
보드라운 여린 가지 동전 몇 푼 꼭 쥐고
바람과 비 맞으며
나이테 훈장 삼아 숲으로 달려온 사람
은빛머리 석양 비쳐지니
저만치 물러져 있는
내것 아닌 것들이 아쉽다 하네
'잘했수다'
'고맙수다'
전할 수 있는 것은
진심 가득한 미소와
꼭 잡은 두 손 뿐이어도
소년의 날들로
아름답고 밝은 세상이였음을
잊지 않겠습니다

생 하나

최현숙

생각 한 줌이
숨결을 잡아 얻은
생 하나
더 하고 더 하여
지고 이고 고단케
오늘을 지난다
내 고운 연으로
밝은 날을 엮었으니
풀려 애쓰지 말자
엉켜진 채
흙이 되어도
아름다운 날이었으니
부지런히 가자
빈 손 저으며
그리움만 남길 내일로

황은경
익산출생대전거주 • 시인. 수필가

2013년 등단 시인.수필가
2017년 다온 문학상 본상 수상
2018년 한국 여성문학100주년 기념 문학 수상
2019년 작가와 문학상 수상
2019년 대전문화재단 창작기금 수혜
2019년 어린왕자문학관 상주작가
2019년 호남 문학상 수상

공동저서 다수 • 인향문단 편집위원
작가와문학 편집위원 • 다온문협 홍보이사
다온문협 시분과 이사

제1집 "겨울에는 꽃이 피지 못한다"로
2013년 작품 활동시작
제2집 "마른꽃이 피었습니다"
제3집 "생각의 비늘은 허물을 덮는다"

선물

황은경

사람 하나 똑바른 인연으로
내게 온다면
그건 분명 선물일 거로 생각해

늦가을 서늘한 바람
옷깃 세우는 나무로 온 사람
분명 오랜 세월을 견딘 느티나무

아름다운 구절초 닮은 가을 여자와
담벼락에 달린 노란 호박처럼 익은 남자가
안부를 날마다 물으며 피고 익어간다

예감

황은경

이미 떠난 기차다
떠나려고 모든 복선의 실루엣을 지우며
그게 아니라고 손사래를 치는
상대의 눈빛을 꺼내 본다
무심하게 보였지
겉도는 공기는
천장과 내 머리카락 사이에
전류처럼 흘렀고
에스프레소 진한 향기의 쓴맛처럼
깔끔하게 머물다 간 거다
잔머리는 굴렸어도 굴린 흔적도 없는
완전범죄의 두근거림
기차표 없이 고향역에 내렸던
그 기분
딱
그거

가슴의 노래

황은경

내가
너를 사랑하는 것에
이유를 묻지 마라
이유보다는
침묵일 때
더 설득력 있으니까
바보처럼

사랑

황은경

눈을 떠 보면 어제와 이별한 새벽
사랑은 옛날 집 문패처럼
오래된 길목에서 이별이 되어 서 있곤 했지
날이 선 칼끝 같은 빛이 되어
함부로 내려치기에는
많이 아플 것 같아 머뭇거리는

나를 위해서
이제는 사랑을 품지
이별도 아니고 아픔도 아닌
휘어도 곧은 길에서
만나는 사랑

영혼 맑은 한사람이면 돼
민낯에도 당당한 사람이면 돼
그대, 봄날에 따스하게 보이는 길

아침

황은경

시를 읽다 보면
많은 사람이 새벽에 붙잡혀 있다
파란 새벽은 오늘도 채움의 가슴이다
뭔지 모를 기대감 때문일까?

샛별과의 대화, 이슬과의 해후
달빛 속의 여행, 그리움의 잔영
등을 들썩이며 우는 그들 품으며
이 새벽 통째로 당신께 보낸다

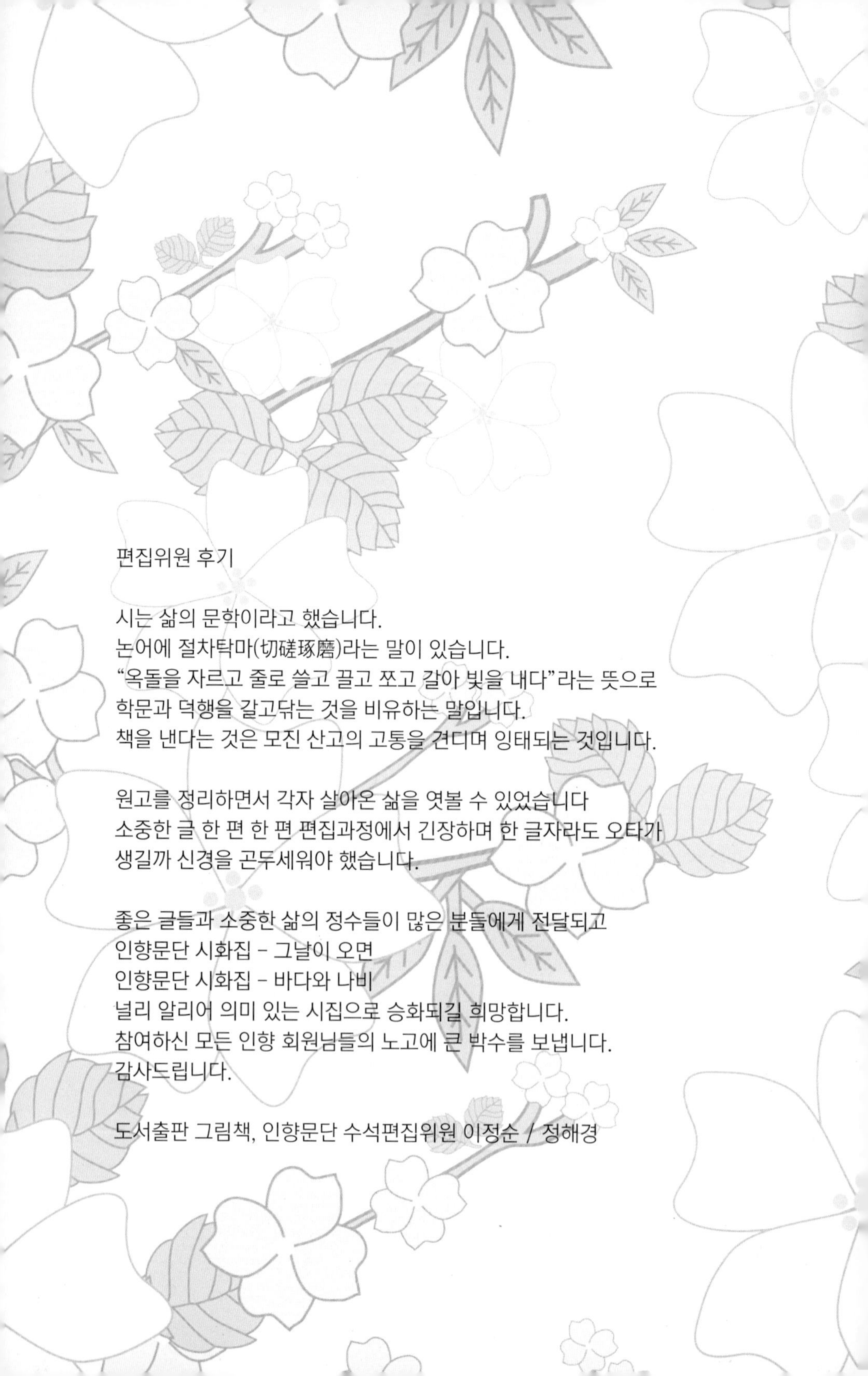

편집위원 후기

시는 삶의 문학이라고 했습니다.
논어에 절차탁마(切磋琢磨)라는 말이 있습니다.
"옥돌을 자르고 줄로 쓸고 끌고 쪼고 갈아 빛을 내다"라는 뜻으로
학문과 덕행을 갈고닦는 것을 비유하는 말입니다.
책을 낸다는 것은 모진 산고의 고통을 견디며 잉태되는 것입니다.

원고를 정리하면서 각자 살아온 삶을 엿볼 수 있었습니다
소중한 글 한 편 한 편 편집과정에서 긴장하며 한 글자라도 오타가
생길까 신경을 곤두세워야 했습니다.

좋은 글들과 소중한 삶의 정수들이 많은 분들에게 전달되고
인향문단 시화집 - 그날이 오면
인향문단 시화집 - 바다와 나비
널리 알리어 의미 있는 시집으로 승화되길 희망합니다.
참여하신 모든 인향 회원님들의 노고에 큰 박수를 보냅니다.
감사드립니다.

도서출판 그림책, 인향문단 수석편집위원 이정순 / 정해경

인향문단 시선 시리즈

숲속의 아침
유영철 | 12,000원

바람의 여행
이서연 | 10,000원

풍경 속에 내가 있다
김점예 | 10,000원

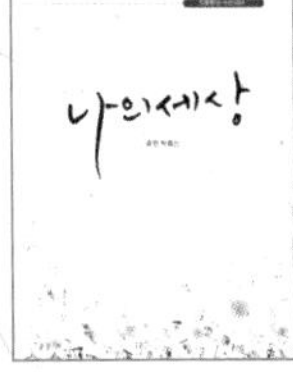

나의 세상
박효신 | 12,000원

아직도 남은 이야기
이정관 |12,000원

누군가 그 길을 가고 있다
박완규 | 10,000원

산다는 것은
박귀옥 | 12,000원

키 작은 소나무길
김미숙 | 10,000원

나는 가끔은 네 생각 하는데
조덕화 |10,000원

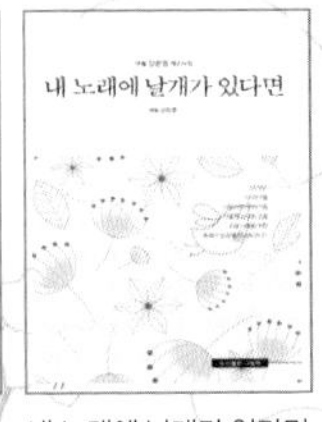

내 노래에 날개가 있다면
김은영 | 10,000원

내 눈에 네가 들어와
박효신 | 12,000원

이화동의 바늘꽃 1
이인희 | 13,000원

내 인생의 그날
최인호 | 12,000원

이화동의 바늘꽃 2
이인희 | 13,000원

금비나무 레코드가게
김해든 | 12,000원

새날을 기다리며
양영숙 | 12,000원

술 취하면 그대 떠올라
김현안 | 12,000원

인향문단 원고 모집

인향문단에서 다양한 분야의 작품을 모집합니다. 인향문단은 전문작가는 물론 생활 속에서 자신이 체험한 글을 진솔하게 쓰는 이름이 알려지지 않은 작가분들의 글들도 환영합니다.

모집분야 : 시, 소설, 수필 등 제한없음.
채택된 원고는 인향문단에 수록, 인향문단의 전문작가로서 대우를 해드립니다.
분량 : 시는 5편 이상, 소설은 단편 1편 이상, 수필은 2편 이상 그리고 다른 분야는 글의 성격에 따라 적당한 분량으로 보내주시면 됩니다.

투고방법 :
이메일 및 인향문단 밴드를 통하여 원고 투고 가능합니다.
email : khbang21@naver.com
인향문단 밴드 : https://band.us/band/52578241
우편접수 : 경기도 광주시 남한산성면 검복리 126-1

연락처 : 인향문단 편집장 방훈 010 2676 9912

출판 관련 문의에서 출간까지
도서출판 그림책에서
동행 하겠습니다!!

이메일 khbang21@naver.com
전화번호 010 2676 9912 / 070 4105 8439

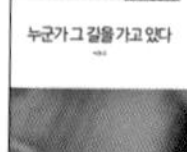